10,95

Le Peuple fantôme

DU MÊME AUTEUR
CHEZ LE MÊME ÉDITEUR

Le Peuple fantôme, 1996.
Le Rêveur polaire, 1996.
Chasseurs de rêves, 1997.
L'Œil du toucan, 1998.

CHEZ D'AUTRES ÉDITEURS

Une vie de fée, Michel Quintin, 1996.
L'Argol et autres histoires curieuses, Michel Quintin, 1997.
L'Assassin impossible, Hurtubise HMH, 1997.
L'Araignée souriante, Hurtubise HMH, 1998.
Piège à conviction, Hurtubise HMH, 1998.
Sang d'encre, Hurtubise HMH, 1998.
Serdarin des étoiles, Pierre Tisseyre, 1998.
Silence de mort, Héritage, 1998.
Terra Nova, Michel Quintin, 1998.
Wlasta, Pierre Tisseyre, 1998.

Laurent Chabin

Le Peuple fantôme

Boréal

Les Éditions du Boréal remercient le Conseil des Arts
du Canada ainsi que le ministère du Patrimoine
et la SODEC pour leur soutien financier.

Illustrations : Alain Reno.

Diffusion au Canada : Dimedia
Distribution et diffusion en Europe : Les Éditions du Seuil

Données de catalogage avant publication (Canada)
    Chabin, Laurent, 1957-

    Le Peuple fantôme

    (Boréal junior ; 44)

    ISBN 2-89052-740-9

    I. Reno, Alain. II. Titre. III. Collection.

PS8555.H17P48   1996   jC843'.54   C95-941871-7
PS9555.H17P48   1996
PZ23.C42Pe   1996

Reykjavik, 15 juin (Reuter) – *Une épouvantable catastrophe vient de se produire en Islande, où un groupe d'élèves canadiens se trouvait en excursion. On ignore encore tous les détails de la tragédie, mais il semble que le groupe de jeunes ait disparu sous la terre à la suite d'un effondrement de terrain sur les flancs du Sneffels, un volcan éteint dans l'ouest de l'île. Les autorités locales ont immédiatement envoyé sur place des équipes de secours.*

1

ENTERRÉS VIVANTS!

Reykjavik, 16 juin (de notre envoyé spécial)- *On dispose maintenant de plus amples informations sur la catastrophe du Sneffels. C'est hier vers midi, heure locale, qu'un groupe de dix élèves de Calgary (Alberta) a été brusquement enseveli par un glissement de terrain, ainsi que son accompagnateur. Le guide qui dirigeait l'expédition se trouvait à une centaine de mètres plus haut, sur le versant du volcan, lorsqu'un effroyable craquement s'est fait entendre derrière lui. Il n'a eu le temps, dit-il, que de voir les élèves et leur professeur disparaître, avalés par la terre. Puis un éboulement a recouvert la crevasse, et toutes les tentatives du guide pour les dégager sont restées vaines. Il a cependant pu donner l'alerte rapidement depuis sa voiture, et les premiers secours sont arrivés par hélicoptère.*

On sait maintenant que ces jeunes, quatre garçons et six filles dont l'identité n'a pas encore été dévoilée à la presse, viennent tous du lycée Louis-Pasteur, de Calgary. Ironie du sort, il s'agit des lauréats du concours Voyage au centre de la Terre, *organisé par le musée Jules-Verne de Nantes, en France. Ce concours était ouvert à tous les établissements scolaires francophones du monde. Il s'agissait pour les classes participantes de présenter le meilleur compte rendu d'exploration en milieu naturel. Le premier prix, décerné à la classe gagnante, consistait en une expédition de découverte organisée au mont Sneffels, point de départ du fameux* Voyage au centre de la Terre, *de Jules Verne.*

La joie de la classe de septième année du lycée Louis-Pasteur, qui a remporté le prix, a aujourd'hui fait place au cauchemar. Seuls dix élèves de la classe avaient pu participer à ce voyage, et on imagine l'angoisse des familles dont les enfants ont disparu dans ces conditions horribles, et dont les chances de survie sont considérées comme très faibles.

Le gouvernement islandais a déclaré que tous les moyens ont été mis en œuvre pour retrouver les adolescents disparus, mais les difficultés d'accès à la zone du sinistre ont considérablement retardé l'acheminement des secours. De nombreux bénévoles se sont joints aux équipes de secours. Cependant, malgré l'ampleur des recherches et les énormes moyens techniques dont on dispose, les fouilles n'ont encore rien donné à l'heure actuelle et l'espoir de retrouver les disparus vivants diminue d'heure en heure.

Selon le guide islandais qui menait l'expédition, il semblerait pourtant qu'il existe des chances de survie pour les élèves et leur professeur. En effet, les pentes du volcan sont un véritable gruyère, truffé de fissures, de cheminées et de boyaux souterrains dans lesquels, selon lui, les adolescents auraient pu trouver refuge avant l'écroulement de cette partie de la montagne. D'après lui, il s'est écoulé plusieurs secondes, peut-être même une ou deux minutes, entre le moment où il a vu les jeunes s'enfoncer dans la faille et celui où la pente a commencé à glisser et s'est refermée sur eux comme un couvercle. De nombreux guides explorent d'ailleurs toutes les failles et les cratères environnants dans l'espoir de découvrir un chemin qui confirmerait cette hypothèse et mènerait aux disparus.

2

SOUS LA TERRE

J'ouvre les yeux. En tout cas c'est l'impression que j'ai, mais il fait tellement noir que, ouverts ou fermés, mes yeux ne me servent pas à grand-chose. L'obscurité est totale, je sens simplement que je suis allongé sur un sol rocailleux, et que j'ai horriblement mal partout. Ma première pensée est que mes bras et mes jambes sont cassés, et je n'ose pas bouger. Je suis perdu dans le noir, perdu dans le silence. J'ai peur.

Je suis seul, désespérément seul dans ce lieu que je ne peux voir. Il fait atrocement chaud, ici. Est-ce que je suis tombé au fond d'un puits? Est-ce que la montagne s'est écroulée sur moi? Et les autres, que sont-ils devenus? Je n'ai pas eu le temps de comprendre ce qui s'est passé. Nous marchions tous les dix, avec Réda, notre professeur de sciences, le long d'une crête. Le guide se trouvait plus haut, je crois qu'il cherchait un endroit confortable pour le déjeuner. C'est à ce moment que Réda, en se retournant, s'est aperçu que Stéphane manquait à l'appel.

Nous nous sommes tous regardés avec étonnement. Personne n'avait rien remarqué. Stéphane marchait en queue de groupe, juste derrière moi, mais je n'avais rien entendu. Il avait disparu, tout simplement. Volatilisé. Dans le paysage tourmenté de ce pays forgé par les volcans, c'était plutôt inquiétant, mais Réda, qui connaît bien Stéphane, a tout de suite pensé qu'il n'avait pas disparu, qu'il avait plutôt dû se cacher quelque part pour faire le malin. Il allait l'appeler pour lui demander de nous rejoindre illico quand soudain nous avons entendu la voix de Stéphane :

– Ohé ! par ici, venez voir !

La voix venait d'en bas, sur notre gauche. Stéphane était là, tout au fond de cette crevasse dont nous longions le bord, devant l'ouverture d'une sorte de grotte à demi masquée par un gros rocher. Il avait l'air très excité. Il agitait les bras et criait encore :

– Venez vite voir, c'est fantastique ! Descendez !

Bien sûr nous avons dévalé la pente sans écouter Réda qui nous criait de revenir. La pente était tellement raide que nous avons trébuché plusieurs fois, et nous sommes arrivés au fond couverts de terre et de poussière. Stéphane n'était plus là. Disparu de nouveau! Alors nous avons entendu sa voix pour la deuxième fois :

– Par ici, par ici!

Cette fois la voix venait de derrière le gros rocher qui obstruait l'entrée de la grotte. Nous nous sommes précipités, tandis que dans notre dos nous entendions Réda qui arrivait sur nous, furieux, nous ordonnant de remonter immédiatement. C'est alors qu'il y a eu cette espèce de craquement sinistre. Un bruit épouvantable qui semblait venir des entrailles de la terre, un bruit tellement sourd que j'avais l'impression de l'entendre à travers mes pieds. Toute la crevasse s'est mise à vibrer, comme si elle avait été un monstre préhistorique qui se réveille soudain en tremblant de fièvre. Nous étions tous pétrifiés, blêmes de peur. Réda nous a hurlé de nous mettre à l'abri. Se mettre à l'abri? Mais où? C'est encore Stéphane qui a crié :

– Dans la grotte, vite!

On n'a pas pris le temps de réfléchir. Comme électrisés par son cri, nous nous sommes précipités dans la grotte. De grosses pierres commençaient à rouler vers le fond de la crevasse, et personne n'avait envie de se faire aplatir. Ça secouait de partout, la poussière envahissait tout et on ne voyait presque plus rien, seulement les énormes pierres qui roulaient vers nous. Malgré l'obscurité qui n'avait rien de rassurant, nous nous sommes enfoncés dans la grotte.

À partir de cet instant je n'ai plus vu personne. J'ai trébuché dans le noir et je me suis étalé sur le sol. Les autres criaient, hurlaient, mais je ne reconnaissais pas leurs voix. C'étaient des voix déformées par la panique. J'ai senti le sol trembler encore plus fort, je l'ai senti se dérober sous moi. Malgré mes écorchures aux genoux et aux mains, je me suis relevé dans un effort désespéré pour tenter d'échapper au gouffre qui s'ouvrait sous mes pieds. Je n'y voyais rien du tout, je ne savais pas sur quoi je posais les pieds. J'ai essayé de m'agripper à une paroi rocheuse que je sentais devant moi, mais j'ai soudain basculé dans le vide. J'ai eu l'impression qu'on me coupait le bout des doigts et j'ai lâché prise. En tombant, j'ai reconnu la voix de Réda qui résonnait, très lointaine :

– Restez groupés, restez groupés !

Je ne sais pas dans quel gouffre je suis tombé. Je ne sais pas non plus combien de

temps je suis resté évanoui ni où sont passés
les autres. Je sais seulement que je suis là tout
seul, perdu sous la terre, perdu dans la nuit. Je
n'ose même pas appeler au secours, je ne sais
pourquoi. Peut-être par peur que mes cris ne
déclenchent un nouvel éboulement, un nouveau tremblement de terre. Par peur de sentir
la terre s'ouvrir de nouveau pour m'avaler
toujours plus loin, toujours plus profondément.

Je reste donc comme ça, sur le dos, sans
bouger, pendant des heures et des heures. Il
n'y a pas un bruit. J'ai beau tendre l'oreille,
rien. Pas même le bruit d'une goutte qui tom-
berait de la voûte, pas même le trottinement
d'un rat ou le vol d'un insecte. Là où je suis
tombé, il n'y a rien de vivant, rien qui bouge,
rien qui respire. Je ne veux pas me l'avouer,
mais l'horrible réalité m'apparaît enfin : je suis
le seul rescapé de cette catastrophe ! Les autres
sont peut-être là, tout près, écrasés sous les
rochers, ensevelis sous la terre, mais je suis le
seul survivant, tout au fond de ce trou où
personne ne me retrouvera jamais !

Je sens quelque chose couler sur mes joues.
Ce sont mes larmes. C'est la seule chose qui
bouge dans ce tombeau qui est le mien. Les
larmes qui coulent sur mes joues.

J'ai dû m'endormir. Quelques minutes, peut-être, ou bien des heures. Comment savoir ? Je n'ai aucun point de repère. J'ai rêvé, aussi, il me semble. Des formes bizarres évoluaient dans la grotte. Des formes blanches, lentes, molles. Des êtres qui flottaient autour de moi silencieusement. Ils étaient affreusement maigres, comme sur les photos qui montrent des images de famine. Incolores, presque transparents, avec à la place des yeux deux grosses boules noires et inertes. L'un d'eux s'approche de moi. Il se dresse sur ses longs membres filiformes et il se penche sur moi. Ses bras décharnés effleurent mon ventre, ma poitrine, comme s'ils cherchaient quelque chose. Sa tête énorme est toute proche de la mienne. Elle s'approche encore, elle va me toucher...

Je ne sais plus où je suis. Je sais juste que je viens de me réveiller et que ceci n'est pas un cauchemar, c'est la réalité ! Je suis bel et bien enterré vivant dans ce trou rempli de fantômes, dans cette chaleur étouffante. Ce n'est pas possible ! Je ne peux pas rester comme ça, en attendant de mourir, sans rien faire. Essayer de bouger un bras, une jambe, une main...

Quelque chose me gêne, sur les épaules. Je replie mon bras droit avec précaution. Je dois être couvert de bleus, mais je n'ai apparemment rien de cassé. J'ai mal au bras, mais je peux encore le bouger. Je me tâte doucement avec la main, et je me rends compte que ce qui me scie les épaules, ce sont simplement les courroies de mon sac à dos. Le sac a dû amortir ma chute. On dirait que je n'ai rien de cassé du tout. Des contusions, des écorchures, des bosses, une douleur généralisée, mais je suis entier. J'essaie de me relever, d'abord sur les coudes, puis je me redresse tout à fait pour m'asseoir. J'y arrive tant bien que mal mais, de douleur, je lâche un « aïe ! » retentissant qui m'effraie moi-même.

Ce cri résonne comme dans une cathédrale. Je ne reconnais même pas ma voix, démesurément amplifiée, qui roule d'un bord à l'autre de ce qui doit être une salle immense. Du coup je n'ose plus bouger. Je reste assis, tandis que l'écho répète inlassablement mon cri. Je me sens encore plus perdu maintenant que je devine que je me trouve dans une grotte gigantesque. Et si je n'étais pas vraiment seul ? Qui sait quelles sortes de créatures peuvent vivre dans ce monde souterrain ? Comme dans mon rêve : des créatures insaisissables, visqueuses, froides... Je frissonne. L'écho a cessé.

Pourtant il me semble que j'entends

encore quelque chose. Un bruit léger que je n'arrive pas à reconnaître. Je relève la tête, je la tourne lentement dans toutes les directions, en retenant ma respiration. Dans le noir, on ne peut compter que sur des sens qu'on utilise peu, habituellement. Je tends l'oreille, je hume, même. C'est un bruit intermittent, presque imperceptible, comme un frottement sur la pierre. On dirait aussi une respiration, ou un reniflement. Quelle bête est là, tapie dans l'ombre? Ma gorge se serre, mon estomac se noue. Je ne peux même pas me défendre, assis dans le noir, aveugle comme un poisson des abysses. Involontairement, je bouge une jambe. En raclant le sol, elle produit un bruit qui se répercute dans la grotte avec une intensité inattendue. Je m'immobilise immédiatement.

Le bruit a cessé, maintenant, mais c'est encore pire. Je ne sais plus où se trouve l'ennemi. Devant, derrière, à droite, à gauche? En tout cas, la créature est toujours là. Elle me guette comme une araignée, comme une grande araignée pâle. Elle attend d'avoir faim, peut-être, ou que je m'endorme de nouveau. Alors elle s'approchera à pas lents, sans bruit. Elle y mettra le temps qu'il faut, elle a tout son temps. Ensuite, elle se penchera sur moi, elle m'injectera un venin qui me paralysera sans me tuer, et elle me digérera lentement, lentement, lentement. C'est une vision horrible! Je hurle. Je hurle à plein poumons, et mon hurlement se répercute comme un grondement de tonnerre sous la voûte invisible.

Peu à peu, le vacarme s'apaise. J'entends enfin une voix, devant moi, une voix toute proche, une voix tremblante, qui dit :

– Qui est là, qui est là?

3

UNE TROUVAILLE

Je reconnais la voix de Caroline ! Je ne suis pas seul ! Je réponds :

– C'est moi, Florian. Caroline, tu es là ?

– Je suis là. Je suis là, mais je ne vois rien.

– Mais pourquoi est-ce que tu n'as rien dit ? Pourquoi est-ce que tu n'as pas appelé ?

– Je croyais que j'étais toute seule. J'entendais des bruits tellement bizarres, j'avais peur. Où sont passés les autres ?

– Je ne sais pas. Je crois que nous ne sommes que tous les deux, mais je ne sais pas où nous sommes. Il faudrait une lampe.

Une lampe ! Bon sang ! mais j'en ai une, de lampe ! Comment n'y ai-je pas pensé plus tôt ! Avant de partir, Réda nous a bien fait vérifier notre équipement. Chacun de nous, dans son sac, avait une lampe électrique, une boussole, un pique-nique. Tout ce qu'il faut pour une randonnée. Seulement, il faudrait savoir où il est, Réda.

Je fais glisser le sac de mes épaules. Je

fouille dedans à tâtons, et je finis par mettre la main sur ma lampe. Elle a l'air un peu cabossée. J'essaie de l'allumer... Rien! Ça ne marche pas. Catastrophe! La lampe a été brisée dans ma chute! Je passe le doigt sur la plaque de plastique transparent qui protège l'ampoule. Cassée. Et l'ampoule aussi est cassée. Cette lampe est inutilisable. De rage, je la jette. Au bruit qu'elle fait en achevant de se briser sur les rochers, Caroline pousse un cri :

– Qu'est-ce que c'est?

– C'est ma lampe. L'ampoule s'est cassée quand je suis tombé. Elle est fichue. Nous sommes fichus!

– Non, attends! Je vais vérifier la mienne. J'ai mon sac à dos.

J'entends Caroline fouiller dans son sac. C'est fou comme le plus petit bruit prend des proportions inquiétantes, ici. Le moindre son est amplifié, résonne à n'en plus finir. Soudain, Caroline pousse une exclamation joyeuse, et presque aussitôt je suis aveuglé par une violente lumière. Ce n'est que la lampe de Caroline, bien sûr, mais nous sommes dans le noir depuis tellement longtemps que ce simple rayon de lumière me fait l'effet d'un flash.

– Je l'ai, crie-t-elle. Je te vois!

– Moi je ne vois rien, tu m'aveugles. Essaie

d'éclairer un peu autour, qu'on voie de quoi ça a l'air, par ici.

Le rayon lumineux s'écarte et se met à balayer la grotte. Je me frotte un peu les yeux pour y voir clair. On ne voit pas grand-chose. Cette grotte a l'air assez vaste, mais elle ne ressemble en rien à celles que j'ai pu visiter. Pas de stalagmites, pas de stalagtites, pas de concrétions. C'est une caverne toute nue, très haute de plafond. Très sèche, aussi, il n'y a aucune trace d'humidité comme dans les autres grottes. Les parois sont sombres et ternes, le sol est poussiéreux et cahotique. Et quelle chaleur, ici !

Je décide de me lever. Je dis à Caroline de rester où elle est et d'éclairer un peu par terre pour que je puisse arriver jusqu'à elle. Je me redresse péniblement. J'ai des courbatures partout, j'ai mal comme si on m'avait roué de coups de bâton. Je transpire à grosses gouttes, mais j'y arrive malgré tout. Avec des grimaces de douleur, je replace mon sac sur mon dos et je me mets en marche.

Mes yeux se sont accoutumés à l'éclairage de la lampe. J'avance prudemment, en évitant de poser le pied sur les rochers instables. Je revois encore les pierres rouler au fond de la crevasse, j'entends encore les craquements de la terre qui se fend. À chaque pas, je crains qu'un nouveau tremblement de terre ne fasse disparaître cette grotte aussi facilement que j'écraserais une coquille d'œuf dans ma main.

En progressant au milieu de ces énormes blocs de pierre, je comprends mieux pourquoi cette caverne ne ressemble pas à toutes celles que j'ai vues. Réda nous a expliqué la formation des grottes, au cours de géologie. Les grottes se forment dans des terrains calcaires minés par les eaux de ruissellement. Les rivières souterraines creusent des lits successifs qui s'effondrent parfois, et l'eau qui suinte des plafonds y sculpte toutes sortes de formes fantastiques ; des stalactites qui descendent, des stalagmites qui montent, des orgues, des colonnes, des draperies, des cascades de pierres figées... C'est ce qui donne aux grottes ces allures de châteaux de contes de fées...

Cependant, ce gouffre-là est tout différent. Rien n'existe ici de ce qui fait la surprenante beauté des grottes classiques. C'est un simple trou ouvert dans le basalte, sans ornements, sans sculptures, sans fantaisie. Un trou nu et aride, comme un cachot perdu au fin fond des oubliettes d'un château moyenâgeux. J'imagine que nous avons été avalés par une sorte de monstre fossile et que nous nous trouvons

maintenant dans son estomac, où il attend que nous soyons transformés à notre tour en pierres pour nous digérer.

Je préfère ne pas faire part de ces impressions à Caroline, ça lui ferait peur. Ou bien elle se moquerait de moi. Les filles ont toujours l'esprit plus pratique. C'est tout de même injuste que ce soit ma lampe qui se soit cassée et pas la sienne! Maintenant je distingue un peu sa silhouette, et son bras qui agite lentement la lampe pour me guider. Elle est assise entre deux gros rochers. Il est difficile d'évaluer les distances dans un endroit pareil, avec un éclairage aussi faible, mais je pense que nous n'étions pas à plus de dix mètres l'un de l'autre lorsque nous nous sommes réveillés. Enfin, j'arrive auprès d'elle. Je m'assieds à ses côtés. Je suis soulagé. Ça me fait plaisir de me retrouver avec quelqu'un, même si c'est une fille. Je ne suis plus seul.

– Qu'allons-nous faire, maintenant? demande-t-elle à brûle-pourpoint, interrompant le cours de mes pensées.

Cet esprit pratique, encore! Mais elle a raison! C'est effectivement la seule question à se poser. Les mérites comparés des grottes calcaire ou basaltiques, nous y reviendrons quand nous serons assis au soleil, si jamais nous revoyons le soleil... En attendant, nous sommes là, assis tous les deux, aucun n'osant avouer son désespoir. Que faire? Eh bien! ne pas rester là, j'imagine. Caroline se lève brusquement. On dirait que ce simple mouvement suffit à me redonner courage. C'est comme un déclic, comme si elle disait «allons-y».

Je me lève également. Avec sa lampe, elle commence à éclairer méthodiquement la grotte. Le faisceau lumineux n'est pas large, et il n'est pas facile de se faire une idée de la configuration globale des lieux. Je grommelle :

- Ce n'est pas une lampe de poche qu'il aurait fallu, mais une de ces lampes-tempête qui éclairent dans toutes les directions.

– Je suis bien d'accord, répond Caroline, mais en attendant, ce que nous avons à la main, c'est une lampe comme ça et pas une lampe autrement. Alors il faut faire avec!

Elle commence à m'énerver, avec ses réflexions, mais je ne dis rien, je dois encore une fois reconnaître qu'elle a raison.

La lumière ne nous a rien révélé de particulier quant à la structure de la grotte, aucune indication qui puisse nous aider à choisir une direction plutôt qu'une autre. Il me semble vaguement que la grotte est plus longue que large, et qu'elle n'est pas parfaitement horizontale. Si elle grimpe d'un côté, c'est peut-être ce côté qui nous mènera à la lumière, à la lumière du jour. Caroline est d'accord. Par acquit de conscience, elle éclaire une dernière fois le fond de la grotte, dans un grand geste lent et circulaire.

– Là !

Nous avons poussé ce cri en même temps. Nous n'avons donc pas rêvé ! Elle revient en arrière, elle tâtonne un peu, mais c'est bien ça : le rayon lumineux accroche de nouveau un objet brillant. Un objet qui a jeté un bref éclair lorsque le faisceau de la lampe est passé dessus, et qui nous a arraché cette exclamation. La chose se trouve dans la direction opposée à celle que nous voulions prendre, vers la pente descendante. Tant pis ! Il faut aller voir !

Nous nous mettons en marche avec mille précautions. Nos chemises nous collent à la peau. Quand je pense que, en plus, je promène un épais chandail dans mon sac à dos, sous prétexte qu'en Islande il fait frais même au mois de juin ! Caroline ne dit rien. Elle éclaire le sol devant elle et, tous les deux ou trois pas, elle relève la lampe pour s'assurer que nous sommes toujours dans la bonne direction. Notre progression est très lente. L'objet a l'air assez éloigné, bien que nous soyons incapables de préciser à quelle distance il se trouve exactement. Nous arrivons enfin et Caroline braque sa lampe vers le sol, où l'objet nous apparaît en pleine lumière. Quelle déception! Nous ne nous attendions à rien de particulier, c'est vrai, mais nous étions tellement sûrs de découvrir quelque chose de mystérieux que nous sommes un peu frustrés en reconnaissant l'objet : ma lampe de poche! Ma lampe de poche que j'ai jetée de dépit en constatant qu'elle ne fonctionnait plus.

– Bah! fait Caroline, nous pouvons toujours récupérer les piles!

Effectivement, cette découverte n'est peut-être pas si inutile que ça. J'imagine le moment où les piles de sa lampe vont faiblir, et où nous allons nous retrouver dans le noir absolu. Bonne affaire, finalement, d'avoir retrouvé cette lampe! Je l'attrape, j'en ouvre le boîtier et je range les piles dans mon sac. Maintenant il faut repartir, assez de temps perdu! Nous devons sortir d'ici. Machinalement, nous jetons un dernier coup d'œil avant de tourner les talons. Dans un grand mouvement circulaire, la lampe balaie le fond de la grotte.

Cette fois nous hésitons. La paroi n'est pas continue. Le rond de lumière a brusquement été avalé par une sorte de trou noir. Là-bas, tout au fond, il semble bien qu'un boyau sombre s'enfonce vers l'inconnu. L'hésitation dure peu. Ni Caroline ni moi n'avons envie de nous perdre au centre de la terre, même si nous avons peut-être rêvé d'y aller, parfois, en lisant Jules Verne, confortablement installés dans un bon fauteuil. Je trouve que les rêves, quand ils deviennent réalité, ressemblent plutôt à des cauchemars. J'ai déjà tourné le dos pour remonter la pente, quand soudain Caroline s'écrie :

– Là-bas, regarde !

Je me retourne d'un bloc. Elle pointe sa lampe vers l'ouverture béante, tout au fond de la grotte. J'ai beau écarquiller les yeux, je ne vois rien. Caroline insiste :

– Si ! Là-bas, dans ce tunnel ! Il y a encore quelque chose qui brille.

– Je n'ai pourtant rien jeté d'autre que ma lampe, et surtout pas aussi loin. On y voit à peine.

– Justement ! reprend Caroline, cette fois, c'est vraiment bizarre ! Peut-être que nous ne sommes pas les seuls à nous en être sortis. Il faut absolument savoir ce que c'est. Nous allons peut-être retrouver les autres.

Après tout, c'est vrai. De plus, rien ne dit

que le bon chemin soit celui qui monte. Nous avons grimpé toute la matinée, il est bien possible qu'un souterrain nous ramène plus bas, vers le pied de la montagne. Nous nous remettons donc en marche, guidés par ce petit reflet que la lampe de Caroline fait scintiller de façon intermittente, à l'entrée de ce sombre boyau.

Notre avance est désespérément lente. À tout instant, il faut enjamber des rochers, vérifier sur quoi nous posons le pied, assurer chaque pas avant de passer au suivant. Je demande à Caroline de s'arrêter pour que je puisse enlever ma chemise. On se croirait dans un four, ici. Toute cette île n'est qu'un volcan prêt à exploser, nous sommes probablement entourés de magma bouillonnant, cette grotte n'est qu'une bulle noyée dans un lac de lave! Lorsque nous arrivons enfin à l'entrée de ce profond boyau qui recèle l'objet brillant, je m'appuie un instant à la paroi pour me reposer. Elle est si chaude que je sursaute en poussant un cri.

– Qu'est-ce qui t'arrive? me demande Caroline.

– La pierre est brûlante. Nous sommes dans une marmite, et quand nous serons bien cuits, je me demande qui viendra nous manger...

– Allons-y! dit-elle simplement en haussant les épaules.

C'est curieux. Je n'avais jamais vu Caroline sous cet angle : calme, réfléchie, décidée. J'avais toujours pensé que c'était une fille sympa, sans plus, mais dans cette situation qui sort tellement de l'ordinaire, elle se révèle terriblement efficace. Je parle d'ogres et de marmites, et c'est elle qui dit « allons-y ». Pourtant elle doit bien elle aussi être assaillie par des doutes, des frayeurs, des visions cauchemardesques. Toutefois, elle ne dit rien. Son but est de sortir d'ici, et elle écarte tout ce qui ne peut pas l'aider dans ce projet. Nous nous remettons en marche.

Une chose est certaine. La chose qui brille, là devant, dans le faisceau de la lampe, ce n'est pas moi qui ai pu la jeter là. C'est bien trop loin. Elle vient donc d'ailleurs. Cette certitude nous redonne de l'énergie. Nous en avions bien besoin. En quelques instants nous y sommes, essoufflés, accablés de fatigue par cet effort. Je halète comme mon oncle quand il vient de monter trois étages à pied. Caroline aussi a l'air exténuée. Tout en reprenant son souffle, elle braque sa lampe sur l'objet.

C'est un objet métallique. Une lame, dirait-on. Je fais un dernier pas et je me penche pour la saisir. C'est un couteau. Dans ma main ouverte, je le présente à la lumière. Je ne peux retenir un cri de stupeur : c'est mon couteau! Mon couteau à moi! Machinalement, je mets la main à ma poche. Vide! La chaînette est toujours accrochée à un passant de ma ceinture, mais il n'y a plus rien au bout. Comment mon couteau a-t-il pu arriver là tout seul?

– Tu as dû le perdre en tombant, dit Caroline.

– Ce n'est pas possible, voyons! D'abord, il serait tombé à côté de moi, ensuite la chaîne ne serait pas revenue toute seule dans ma poche. Ça ne tient pas debout. Ce couteau n'a pas pu se détacher et se déplacer tout seul au milieu des rochers!

– Peut-être que, avant de perdre connaissance, tu t'es déplacé sans t'en rendre compte, suggère Caroline.

– Je m'en souviendrais, tout de même! Et tu as vu le mal que nous avons eu à parcourir cette distance...

Caroline ne répond pas. Elle est perplexe. Inquiète, aussi, mais elle se reprend :

– En tout cas, ça prouve que nous sommes dans la bonne direction. Si ton couteau est arrivé là, il y a bien une raison. Nous devons continuer par là!

– Ça prouve, ça prouve ! fais-je à mi-voix. Je ne sais pas ce que ça prouve, mais ça prouve surtout quelque chose de pas rassurant. Ça prouve... qu'il se passe des choses étranges, ici !

4 CAUCHEMARS

Voilà un bon moment que nous marchons en silence. Je me rends compte que nous avançons très lentement. Le sol de cette galerie est pourtant assez régulier et en pente douce, nous devrions aller beaucoup plus vite. Seulement, nos membres sont lourds, et nos pieds pèsent une tonne. C'est comme dans ces cauchemars où, sans raison, nos jambes ne nous obéissent plus, et où on ne peut plus avancer qu'au prix d'efforts démesurés. Peut-être est-ce cette chaleur infernale, ou le manque d'oxygène. J'ai surtout une immense envie de dormir. Caroline doit éprouver la même chose. Elle s'arrête soudain.

– Je n'en peux plus! soupire-t-elle. J'ai l'impression de marcher dans de la colle, ma tête pèse comme du plomb.

– Moi aussi. Tu crois que nous avons fait beaucoup de chemin?

– Je ne sais pas. Ça doit faire des heures

que nous marchons. Je me demande quel jour nous sommes. Peut-être déjà demain. Enfin, tu comprends...

Oui, je comprends. C'est sans doute pour ça que nous nous sentons si fatigués. D'un commun accord nous décidons de nous asseoir un moment afin de récupérer. Nous n'avons même plus la force de parler. Ni la force, ni l'envie. Je me laisse aller en arrière, le dos bien calé contre mon sac. Je suis complètement engourdi. Soudain, la lumière s'éteint! Je sursaute. Caroline a perçu mon mouvement. J'entends sa voix, très faible, empâtée, la voix de quelqu'un qui s'endort :

– J'ai éteint la lampe. Il faut économiser les piles...

Et puis plus rien. Je n'entends que le bruit de sa respiration, toute proche. L'obscurité est totale. Ça ne sert plus à rien de garder les yeux ouverts. D'ailleurs mes paupières sont tellement lourdes... Mes yeux se ferment.

Les fantômes reviennent. On dirait qu'ils sortent des murs. Leurs longs doigts crochus, au bout de leurs longs bras osseux, s'agrippent aux parois les plus lisses. Ils semblent pouvoir marcher comme les mouches, sur n'importe quelle surface, tête en haut, tête en bas. Leurs gestes sont extrêmement lents, comme ceux des paresseux. Quand ils atteignent le sol, ils se roulent en boule un instant, puis ils repartent, toujours aussi lents, toujours aussi engourdis. Ils rôdent autour de moi, ils s'approchent. Leurs grosses têtes blafardes n'ont pas d'expression. Leurs yeux noirs semblent morts, comme deux pruneaux noyés dans la gelée, mais leurs larges narines palpitent. Ils sont tout près. Subitement, quelqu'un pousse un cri...

Je me réveille. Quel cauchemar! Quelqu'un a crié, vraiment? Est-ce moi-même? De la main, je cherche Caroline, qui devrait se trouver tout près. Je l'appelle doucement :

– Caroline, Caroline!

Pas de réponse! Elle est pourtant là, je sens son bras maintenant. Je la secoue. Elle se réveille en sursaut.

– Quoi? Que se passe-t-il? fait-elle d'un ton affolé. C'est horrible, je viens de faire un rêve affreux...

– C'est toi qui as appelé? je lui demande avec anxiété.

– Non, je ne crois pas mais, dans mon rêve, on a crié. Il y avait des espèces de monstres blancs tout autour de moi. Ils m'encerclaient. Puis quelqu'un a hurlé...

C'est incroyable! Elle a fait le même rêve

que moi. Ou alors ce n'était pas vraiment un rêve... Est-ce que quelqu'un a réellement crié? Il y aurait donc quelqu'un avec nous dans cette grotte abominable? Caroline allume sa lampe et en promène la lumière autour de nous. Personne. Je hurle :

– Il y a quelqu'un, ici? Montrez-vous!..

Long silence. La transpiration me reprend, une sensation d'étouffement m'oppresse. Enfin, une toute petite voix me répond, lointaine :

– Florian? C'est toi?

Jason! Malgré la torpeur qui nous accable encore, nous réussissons à nous relever. Caroline dirige la lampe dans la direction d'où vient la voix. Mais aussi loin que porte la lumière, il est impossible de voir quoi que ce soit. Pourtant Jason, avec ses yeux bleus et ses cheveux blonds, on ne peut vraiment pas le confondre avec un caillou !

– Jason, où es-tu?

– Ici!

Évidemment. Que pouvait-il répondre d'autre? Nous n'avons aucun point de repère. À quatre pattes, je grimpe sur un rocher pendant que Caroline continue d'éclairer. Au bout d'un moment, je perçois effectivement comme un mouvement, tout au fond. Enfin, je distingue vaguement une silhouette qui agite les bras dans notre direction. Jason est là-bas. Je lui crie :

– Est-ce que les autres sont avec toi ?

– Je ne sais pas où ils sont passés. Je suis perdu. J'étais avec Alex et les filles. Il ne manquait que Stéphane, Caroline et toi mais, maintenant, ils ont tous disparu. Je suis seul...

Sa voix est très faible et j'ai du mal à comprendre, mais cette nouvelle nous remonte quand même le moral. Tout le monde s'en est sorti, alors ! Enfin, presque ! Pauvre Stéphane ! Et Réda ? Jason n'en a pas parlé, non plus. De toute façon il est inutile de s'égosiller davantage. Chaque parole nous demande un énorme effort, tant nos poumons sont oppressés. Nous repartons, Caroline devant avec la lampe. Nos sacs sont restés sur nos épaules, nous n'avons même pas eu la force de les enlever quand nous nous sommes assis. Dans un dernier appel, nous demandons quand même à Jason de crier de temps en temps pour qu'il nous guide jusqu'à lui.

La chaleur n'a pas diminué. Les courroies de mon sac me scient les épaules et mes poumons me brûlent. La pente descend toujours légèrement, on dirait, mais je souffle comme si j'escaladais une montagne. Devant moi,

Caroline doit éprouver les mêmes difficultés. Elle semble complètement essoufflée. Plusieurs fois, en cours de route, nous sommes obligés de faire halte afin de reprendre haleine. Chaque fois je reste debout. J'ai peur de me rendormir si jamais je m'assieds, ne serait-ce qu'un instant. À chaque arrêt, nous entendons Jason crier :

– Que faites-vous ? Où êtes-vous, je ne vous vois plus ?

Nous répondons avec peine, d'une voix éteinte. Depuis combien de temps sommes-nous en train de marcher ? Je ne sais pas. Depuis des heures, j'ai l'impression. Pourtant, Jason n'avait pas l'air si éloigné que ça. Peut-être que le son porte très loin, sous la terre. Peut-être aussi que les distances sont faussées. Ou encore que le temps s'écoule plus lentement, ici. Le temps doit être comme nous, fatigué, immensément fatigué...

Ça fait un bon moment que Jason ne s'est pas manifesté. Il en a sans doute assez de faire « ho, ho ! » toutes les cinq minutes. Nous n'avons pas la force d'appeler nous-même, concentrés que nous sommes sur notre difficile progression. Toutefois, il ne doit plus être très loin, maintenant. J'entends Caroline murmurer pour elle-même quelque chose comme «mais il pourrait quand même nous faire signe, non?». Je ne réponds rien. Je marche tête baissée, elle est si lourde. Un cri me sort soudain de ma torpeur. Je me redresse. Caroline éclaire quelque chose, juste devant nous, à deux mètres à peine. C'est un corps allongé sur le sol. Le corps de Jason!

– Jason, Jason! crions-nous en nous précipitant vers lui.

Nous nous agenouillons près de lui. Caroline braque sa lampe sur son visage tandis que je le secoue de toutes mes forces. Jason sursaute. Il hurle :

– Au secours! Laissez-moi! À l'aide!

– Du calme, Jason, c'est nous, fait doucement Caroline en posant la main sur son épaule.

– Nous n'allons pas te manger, j'ajoute en souriant.

Jason ne sourit pas du tout. Je me sens un peu bête d'avoir fait cette blague. Il nous regarde avec des yeux dilatés par la peur, sa bouche est ouverte mais aucun son n'en sort. C'est Caroline qui parle la première :

– Ce n'est rien, Jason. Tu as dû t'endormir. Nous aussi nous avons du mal à rester debout.

– M'endormir? fait Jason. Je ne sais pas. Peut-être. Mais je les ai vus. Ils étaient là, encore. Ils voulaient me prendre...

– Les hommes blancs? dis-je à voix basse, en repensant à mon rêve.

– Des hommes, je ne sais pas, reprend Jason. Des squelettes, plutôt! Des fantômes de squelettes. Tu les a aussi vus?

– Oui et non. C'était un rêve. Caroline a fait le même. Nous avons tous fait le même rêve. C'est bizarre.

– Ce n'est pas un rêve! fait Jason avec force. Pourquoi est-ce que nous aurions fait le même rêve tous les trois? Ça n'a pas de sens.

Ni Caroline ni moi ne répondons. Il n'a peut-être pas tort, dans le fond, mais comment savoir? Jason est un tel rêveur, toujours dans la lune, toujours sur une autre planète. Il y a autre chose, aussi. Perdu comme ça dans les profondeurs de la terre, je préfère croire que nous sommes trois à avoir fait le même rêve plutôt que d'admettre la réalité d'un peuple fantôme, d'un peuple de vampires blanchâtres qui viendraient nous hanter dès que nous cessons d'être sur nos gardes. Malgré la chaleur, je frissonne.

Bien sûr, ça réconforte de se retrouver maintenant à trois et de savoir que les autres, même si nous ne savons pas où ils se trouvent pour l'instant, sont vivants, quelque part. En

revanche, chacun de nous ressent cette présence invisible et étrangère, tout autour de nous, dans le noir impénétrable. Le silence n'en est que plus oppressant. Il faut parler, vaincre notre fatigue, dire quelque chose qui permette de dissiper cette atmosphère angoissante. Il faut également savoir ce qui s'est passé, savoir comment nous pouvons rejoindre les autres. Nous interrogeons Jason.

– Je ne sais plus très bien, commence-t-il. Quand la terre s'est mise à trembler, j'ai entendu Stéphane nous crier de venir à l'intérieur de la grotte. J'ai couru. Tout le monde criait. Très vite je n'ai plus rien vu. Quelqu'un était tout près de moi. J'ai agrippé ses vêtements. J'ai reconnu Illana. Elle a essayé de se dégager, et je me suis mis à crier. Alors elle m'a pris la main et nous avons couru ensemble.

– Et vous avez réussi à rester groupés ?

– Il me semble, répond Jason. En fait, on ne voyait rien. Comme Illana est la plus rapide, nous courions devant, et je pense que les autres se dirigeaient d'après nos cris. Très vite, Illana a sorti sa lampe de poche de son sac et ça a été plus facile.

– C'est vrai, intervient Caroline. Je l'ai entendue plusieurs fois, et j'ai même vu de la lumière pendant un instant. Ensuite le sol a manqué sous mes pieds. Je suis tombée et j'ai perdu connaissance.

Caroline est donc tombée dans la même crevasse que moi. C'est ce qui explique que nous nous soyons retrouvés au même endroit, séparés des autres. Mais eux, jusqu'où ont-ils couru ? Je pose la question à Jason.

– Je ne sais pas pendant combien de temps nous avons couru comme ça. Ça m'a semblé très long. Nous sommes arrivés dans une grande salle et nous nous sommes arrêtés. D'autres ont allumés leur lampe.

– Réda n'était pas avec vous ? demande Caroline.

– Non. Personne ne l'a vu. Dans la grande caverne, nous nous sommes regroupés. À part Illana et moi, il y avait Alex, Julia, Catherine, Christiane et Sarah.

– Et Stéphane ?

– Non, dit Jason. Illana pensait qu'il était devant. Stéphane est le seul à courir plus vite qu'elle. Étant donné que c'est lui qui nous a entraînés dans cette grotte, personne n'a compris par où il a pu passer.

– Peut-être qu'il a trouvé une sortie et qu'il est allé chercher de l'aide, suggère Caroline.

Oui, peut-être. Ou peut-être qu'il est définitivement enterré sous les rochers. Je pense au pire, car Stéphane est un tel casse-cou. Comment savoir? C'est bien possible, après tout, qu'il s'en soit sorti. Je demande à Jason :

– Qu'est-ce que vous avez fait, alors? Avez-vous cherché une issue?

– Non. Tout s'était effondré derrière nous. Alex a proposé de partir à la recherche de Stéphane, mais Illana n'a pas voulu. Elle a dit qu'il ne fallait à aucun prix se séparer, qu'il valait mieux rester où nous étions pour attendre des secours de l'extérieur, et que bouger ne servirait qu'à nous enfoncer davantage. Nous sommes donc restés là. Nous nous sommes assis. Moi je crois que je me suis endormi.

Il y a une chose que je ne comprends pas. Puisqu'ils étaient tous réunis dans cette caverne, avec des lampes, comment Jason a-t-il pu se retrouver soudain tout seul dans ce couloir souterrain. Et pourquoi lui? À la rigueur, j'aurais compris pour Alex. Il est souvent seul, à l'écart. Lui aurait pu se perdre, mais Jason... Jason n'a pas un caractère aventureux. Il ne serait jamais parti tout seul dans un souterrain obscur.

Maintenant, Jason reste muet, comme s'il craignait quelque chose. Je remarque enfin qu'il n'a pas son sac à dos, pas de lampe, rien.

Il faut vraiment qu'il nous raconte ce qui s'est passé. Les autres l'ont-ils abandonné? C'est impensable, tout de même! Mais alors, comment s'est-il retrouvé ainsi perdu, loin d'eux?

– Si je te le dis, tu vas encore croire que j'ai rêvé, souffle enfin Jason.

– Florian ne va rien s'imaginer du tout, intervient doucement Caroline, et moi non plus, mais nous devons absolument savoir ce qui est arrivé.

– Elle a raison, j'ajoute en posant ma main sur son épaule. Maintenant nous sommes trois. Nous ne craignons rien. Bientôt, nous serons tous ensemble de nouveau, mais il faut tout nous dire.

Jason hésite encore, puis il reprend enfin son histoire, d'une voix si faible que nous devons presque nous retenir de respirer pour l'entendre :

– Pendant que je dormais, ils sont venus. Ils m'ont emporté. Ce sont eux qui ont volé mon sac...

– Eux? Mais qui, eux? nous exclamons-nous en même temps.

– Je n'en sais rien, répond Jason. Eux! Des êtres tout blancs, tout maigres, comme des squelettes! Quand je me suis réveillé, ils n'étaient plus là. J'étais seul, sans lumière, couché par terre. J'ai crié. C'est à ce moment-là que tu as appelé, Florian.

Je ne dis rien. Jason a l'air assez accablé comme ça, mais son histoire est assez invraisemblable. Il avoue lui-même qu'il dormait quand ça s'est passé. Est-ce qu'il serait somnambule? Ça expliquerait qu'il ait pu se déplacer ainsi dans l'obscurité. Il a l'air complètement épuisé. J'ai l'impression qu'il va s'endormir. Il dort déjà, peut-être. Cette insupportable chaleur, aussi...

– Il n'y a qu'une chose à faire, dit soudain Caroline. Il faut continuer dans cette direction, et nous retrouverons les autres.

J'imagine qu'elle est arrivée à la même conclusion que moi : Jason a rêvé. Je le secoue un peu et je l'aide à se relever. Sans un mot, nous nous mettons en route. Caroline ouvre la marche, avec la lampe, et nous nous enfonçons toujours plus profondément dans ce boyau ténébreux.

5

L'aventure, c'est mieux dans les livres. Dans les livres, il y a des découvertes à faire dans tous les coins, des grottes merveilleuses, des forêts de champignons géants, des cristaux grands comme des maisons. Mais ici, rien! Un souterrain obscur, sec, rocailleux. Et cette chaleur de sauna...

– J'ai soif, fait soudain Jason en se laissant tomber sur le sol comme un sac de sable. J'ai trop soif, je n'en peux plus.

Il soupire plus qu'il ne parle. Caroline s'arrête. Elle pose sa lampe sur un rocher et entreprend de défaire son sac. Je l'imite. Je songe que dans mon sac je dois avoir des provisions intactes et une bouteille d'eau. C'est curieux. Depuis le temps que nous sommes ici, je n'ai encore eu ni faim ni soif. Caroline tend sa gourde à Jason.

– Vas-y doucement! dit-elle. Il faut garder des réserves.

Jason se mouille à peine les lèvres. Il abandonne déjà la gourde et se laisse aller en arrière.

– Ce n'est pas la peine de continuer comme ça, dit Caroline. Il n'en peut plus, et moi non plus. Nous n'avons qu'à nous reposer un moment.

– Tu n'as pas soif, toi? fais-je en remarquant qu'elle a refermé sa gourde sans y toucher.

– Non, pas vraiment, répond-elle. Toi non plus?

– Non. C'est bien ce qui m'étonne. Avec cette chaleur, avec les efforts que nous avons faits, nous devrions mourir de faim et de soif. Tu ne trouves pas ça bizarre?

– Si! fait Caroline. Mais tant mieux! Comme ça, nos réserves dureront plus longtemps. Maintenant, nous devrions dormir.

Dormir... L'idée que ces fantômes cavernicoles vont venir rôder autour de moi dès que j'aurai les yeux fermés ne me rassure pas trop. J'aimerais bien savoir ce qui est réellement arrivé à Jason. Rêve ou pas, je n'ai pas de toute façon l'intention de fermer l'œil. Jason dort déjà. Caroline, je ne sais pas. Elle est assise, adossée à la paroi. Elle ne bouge pas. Sa lampe est restée posée sur le rocher, allumée. Je suis

partagé. La laisser allumée, et gaspiller bête-
ment de l'énergie au risque de nous retrouver
bientôt sans lumière, ou bien l'éteindre, et laisser l'obscurité tomber sur nous comme un
grand drap noir...

Je fixe cette lampe qui est notre dernier
rempart contre les créatures de l'ombre, même
si elles ne sont que des créatures imaginaires.
Je devrais l'éteindre, mais je ne peux pas. J'ai
trop peur. Je me balance d'avant en arrière
pour ne pas m'endormir. Je lutte contre le
sommeil. Je fixe le point lumineux, sans dé-
tourner les yeux. Je me penche en arrière, puis
en avant, en arrière, en avant, en arrière...
Comme dans un fauteuil à bascule, comme
dans un hamac, en avant, en arrière, en avant...
Avec le soleil, le soleil qui brûle les yeux...

Une violente lumière me tire de ma rêve-
rie. Je suis couché sur le dos. Je me suis donc
tout de même endormi! Mais qui est là?

– Eh bien! On peut dire que vous vous la
coulez douce, ici! fait une voix familière derrière la lumière.

Je reconnais Alex. La lumière s'éteint, mais
je suis encore ébloui et je vois des étoiles
danser partout. Puis mes yeux s'habituent.
L'obscurité n'est pas totale. Il y a une faible lumière, orangée, qui baigne cette partie du sou-

terrain. Je m'aperçois que cette lumière vient de la lampe de Caroline, dont les piles sont pratiquement épuisées. Ça n'éclaire pas plus que la flamme d'une allumette, mais c'est suffisant pour reconnaître Alex, debout devant moi.

Alex se penche pour réveiller Caroline, qui se trouve juste à ses pieds. C'est alors que j'aperçois Julia, derrière lui. Ils sont aussi peu bavards l'un que l'autre. Julia est immobile. Alex s'occupe ensuite de Jason. Julia dit enfin :

– Vous n'auriez pas dû laisser votre lampe allumée pendant que vous dormiez. Les piles sont complètement mortes, à présent.

– Parce que tu crois que nous l'avons fait exprès! je réplique, assez vexé.

Ça fait des heures, des jours que nous sommes perdus sous la terre, seuls, dans le noir, et les premières paroles de Julia, alors que nous venons de nous retrouver, sont pour nous faire la morale! Elle exagère, non? Caroline s'interpose :

– Allons, vous n'allez pas vous disputer maintenant. Ce n'est ni le moment ni l'endroit. C'est plutôt une chance que nous nous soyons retrouvés.

– Vous êtes tout seuls? intervient Jason. Où sont les autres?

– Là-bas, pas très loin, répond Alex. Ils sont restés dans la grotte. J'ai eu toutes les peines du monde à persuader Illana de me laisser partir à ta recherche, Jason. Mais Julia lui a alors dit que si elle tombait dans un trou, elle serait bien contente que quelqu'un vienne la chercher. Alors nous sommes venus tous les deux.

– Et, est-ce que vous les avez vus ? reprend Jason à voix basse.

– Qui ça ?

– Laissons tomber pour l'instant ! fait vivement Caroline. Le plus important, c'est de rejoindre les autres, de nous retrouver tous ensemble. Après, nous chercherons une solution pour sortir d'ici, et nous verrons à élucider les mystères.

Alex ne relève pas. Ce n'est pas un discuteur. Nous ramassons nos sacs sans un mot. Cette fois c'est Alex qui prend la tête. Il rallume sa lampe. Caroline reprend la sienne. Heureusement que nous avons récupéré mes piles. Jason marche devant moi, et Julia ferme la marche.

– Au fait, Jason, fait Alex, tu pourrais être plus soigneux ! J'ai ramassé ton sac, là-haut.

– Où ça, là-haut ? demande Jason.

– En haut de l'éboulis. C'est pour ça que

nous avons eu l'idée de descendre ici. Il y avait plusieurs passages possibles, mais j'ai aperçu ton sac au bord d'un éboulis, et nous avons pensé que tu avais dû tomber par là. Finalement, c'est une chance que tu l'aies perdu, ce sac !

– Je ne l'ai pas perdu, je ne l'ai pas perdu, murmure Jason, mais d'une voix si basse que je suis sûrement le seul à l'avoir entendu.

On n'entend plus que le bruit de nos pas. Au bout d'un moment, je demande si elle est encore loin, cette fameuse grotte. C'est Julia qui répond :

– Pas très loin. Après l'éboulis, nous avons descendu en pente douce, et nous avons aperçu une lumière. Comme nous ne savions pas ce que c'était, nous avons éteint notre lampe et nous nous sommes approchés sans faire de bruit. Ça ne m'étonne pas que vous vous soyez endormis dans ce trou. On se croirait dans une étuve. Vivement qu'on se retrouve là-haut !

En effet, assez vite nous constatons que la pente commence à remonter. Nous avons un mal fou à mettre un pied devant l'autre. Julia, derrière moi, grommelle qu'elle n'a jamais vu un endroit pareil. C'est pourtant une sportive. Elle fait de la randonnée et du ski de fond. C'est certainement, avec Illana, celle qui a le plus d'endurance. Pourtant, elle souffle comme un vieillard.

– Je comprends qu'on vous ait retrouvés dans cet état, grogne-t-elle. Il doit y avoir des gaz toxiques, par ici. C'est irrespirable.

Ensuite elle ne dit plus rien, parce que ça monte et qu'elle ne peut plus à la fois grimper et parler. Enfin, nous arrivons aux éboulis dont ils ont parlé. C'est un enfer que d'escalader cet éboulement dans l'état de fatigue où nous sommes. Nous devons nous arrêter plusieurs fois, le souffle coupé, les jambes tremblantes.

– Ça m'avait paru moins dur à l'aller, remarque Alex en haletant, et pas seulement parce que ça descendait.

Personne ne répond. Personne n'en a la force. L'ascension reprend. Heureusement nous y sommes presque. Après un suprême effort, nous nous retrouvons tous les cinq sur une sorte de corniche. L'air semble presque frais, ici. Plus respirable, moins oppressant, en tout cas. Je profite de la pause pour remettre ma chemise. Alex nous indique que nous ne sommes plus très loin des autres.

Le terrain est beaucoup plus praticable ici. Il monte en pente douce. Sous la lumière électrique, les parois sont légèrement brillantes. De l'humidité! Bientôt, devant nous, d'autres lampes s'allument et des cris retentissent. Les filles sont là! Illana, Catherine, Christiane et Sarah. La voix d'Illana s'élève au-dessus du vacarme :

– Du calme! Éteignez ces lampes, une seule suffit.

Quel accueil! En dépit des injonctions d'Illana, les cris redoublent quand les filles découvrent que nous sommes cinq au lieu de trois. Illana s'adoucit aussitôt. C'est vrai que Caroline, c'est sa copine.

– Nous sommes tous là, maintenant, constate Catherine.

– Pas tout à fait, dit Illana qui a rapidement fait le compte. Il manque toujours Stéphane.

– Et Réda, ajoute Caroline à voix basse.

Il y a de l'amertume dans leur voix. Peut-être Illana regrette-t-elle de ne pas avoir laissé Alex partir à la recherche de Stéphane. Toutefois, elle ne se laisse pas abattre si facilement. Elle demande à Alex d'éteindre sa lampe, et à tout le monde de se réunir autour d'elle. Il s'agit maintenant de décider ce que nous allons faire. Désignant à l'aide de sa lampe un endroit assez plat au milieu de la grotte, qui a effectivement l'air plutôt grande, elle nous invite à nous y asseoir.

– Bien! commence-t-elle. Les choses ont l'air de s'arranger, puisque nous sommes tous sains et saufs. Enfin, presque tous. De notre côté, pendant que Julia et Alex étaient partis à la recherche de Jason, nous avons inspecté cette grotte de fond en comble. Résultat : il semble bien que toute issue soit bloquée. Les éboulements que nous avons vus à l'extérieur ne devaient être qu'une petite démonstration. Tout est entièrement obstrué. C'est comme si la montagne s'était effondrée sur nous après que nous soyons entrés dans la grotte.

– Alors si on ne peut plus sortir par le haut, il faut essayer par le bas, dit Alex. Il y a plusieurs galeries qui s'ouvrent un peu plus bas.

La perspective de s'enfoncer de nouveau dans l'inconnu n'a pas l'air de soulever l'enthousiasme. Je vois Jason qui se tortille, Christiane et Sarah qui se tiennent par la main. Caroline semble perplexe. Illana n'est carrément pas d'accord.

– Les secours ont dû s'organiser, à l'extérieur, dit-elle. Il faut rester ici, c'est notre seule chance d'être retrouvés...

– ... À l'état de cadavres, au train où vont les choses, coupe Alex avec cynisme. D'ailleurs, si on nous cherchait vraiment, nous aurions au moins entendu des coups dans les parois. Le son porte très loin dans la pierre. Si nous n'avons rien entendu, c'est parce qu'on ne nous cherche pas, ou bien parce que la montagne qui s'est effondrée sur nous, il faudrait dix ans pour la déblayer...

Le silence retombe. Personne n'ose le rompre. L'hypothèse d'Alex est la pire de toutes, mais c'est hélas! celle qui a le plus de chances d'être la bonne.

– On n'a qu'à voter, propose Caroline.

– D'accord! reprend Illana. Ceux qui sont pour que l'on reste ici lèvent la main, ajoute-t-elle en levant la sienne.

Catherine l'imite aussitôt. Puis c'est le tour de Christiane et de Sarah. Quatre seulement contre cinq. Je vois que Jason hésite. Il préfé-rerait sans doute rester là. S'il vote pour Illana la majorité basculera en sa faveur. Son bras se lève. Je le regarde droit dans les yeux. Alex, qui se trouve juste derrière lui, pose la main sur son épaule. Jason baisse le bras.

– Ceux qui préfèrent essayer de chercher une issue ailleurs, maintenant, dit Caroline.

Trois bras se lèvent. Julia, Alex et moi. Illana sourit. Puis Caroline lève le sien égale-ment, et enfin Jason. Nous sommes cinq, mais la situation est tout de même tendue. Ce n'est pas une décision facile à prendre et, dans le fond, rien ne nous garantit qu'elle soit meilleure que l'autre. Je me demande comment va réagir Illana. Elle n'est pas du genre à subir. Soudain elle dit :

– Bon ! alors, puisque c'est décidé, ne traînons pas ici ! Ramassez vos affaires et allons-y.

– Il faudrait peut-être vérifier les piles et les provisions avant, intervient Caroline. Nous ne savons même pas depuis combien de temps nous sommes ici, et encore moins combien de temps nous y resterons.

– Bah ! fait Illana. Ça doit faire quelques heures que nous sommes dans cette grotte. En cherchant bien, nous devrions en ressortir avant la nuit.

Quelques heures ! Quel optimisme ! Il me semble plutôt que plusieurs jours se sont écoulés depuis cette catastrophe. Caroline est du même avis. Mais si nos montres donnent toutes la même heure – quatre heures – rien n'indique quel jour nous sommes.

Nous faisons nos comptes : quinze sandwichs, des chips, des gâteaux secs, des bonbons, cinq boîtes de jus de fruits et huit gourdes d'eau. Plus sept lampes de poche en état de marche et trois jeux de piles de rechange. C'est maigre. Les lampes manquantes, ce sont la mienne, que j'ai cassée, et celle de Jason, qu'il ne retrouve plus dans son sac, pas plus que sa gourde. Comme Illana lui reproche son manque de soin, il éclate de colère et dit que si ses affaires ne sont plus là, c'est qu'on les lui a prises. Qu'ils les lui ont volées quand ils ont pris son sac.

Illana va répondre, mais Caroline la tire par la manche. Pendant que Jason reprend à voix basse son histoire pour ceux qui ne l'ont pas entendue, je vois Illana et Caroline s'éloigner et discuter comme des conspiratrices. Au bout d'un instant, Illana revient et déclare simplement :

– Nous partons. Je passerai devant avec Alex. Aucune autre lumière ne doit être allumée, il faut ménager les piles. Caroline marchera en queue. Tâchez de rester groupés derrière moi, deux par deux si possible. Ne vous écartez pas, ne vous arrêtez pas. Caroline, tu pourras allumer ta lampe de temps en temps, pour t'assurer que tout va bien. Maintenant, allons-y !

Les autres ont bien l'air inquiets, mais personne ne bronche. Illana se met en marche, avec Alex. Ils sont suivis par Catherine, Christiane et Sarah. Puis viennent Jason et moi et, enfin, Caroline et Julia. Caroline semble un peu soulagée par la présence de Julia à ses côtés. Julia la dépasse d'une demi-tête. Ce n'est pas une fille très chaleureuse ni expansive, mais son calme et l'énergie qu'on devine dans ses moindres mouvements ont quelque chose de rassurant.

En peu de temps, nous parvenons à la plate-forme qui surplombe les éboulis que nous avons gravis tout à l'heure. Il y a effectivement deux autres galeries qui s'ouvrent là, deux trous noirs qui s'enfoncent dans la terre. Laquelle prendre ? Illana hésite. Se séparer ? Envoyer quelqu'un en éclaireur ? La lampe d'Illana ne révèle rien de particulier, d'un côté comme de l'autre, sinon que les deux galeries descendent en pente douce. Alex s'écrie soudain :

– Attends ! Éclaire donc un peu par ici !

Suivant ses indications, Illana dirige le faisceau lumineux vers une pierre, à quelques pas de nous, dans la galerie de gauche. Nous nous rapprochons. Je jette un coup d'œil par-dessus l'épaule d'Illana. Je ne vois qu'un caillou, un simple caillou. Un caillou dans une grotte remplie de cailloux. Mais déjà, Alex se précipite. Il le ramasse et il revient en le portant à deux mains, serré contre son ventre.

Ce n'est qu'une grosse pierre, plate d'un

côté. Toutefois, sur ce côté plat, il y a des signes gravés. Illana braque sa lampe sur la pierre. Et là nous voyons très distinctement une inscription :

$$\uparrow \, \mathsf{H}$$

– A. S., murmure Julia. Arne Saknussemm ! C'était donc vrai toute cette histoire...

6

STÉPHANE

Arne Saknussemm! Nous avons évidemment tous lu le *Voyage au centre de la Terre* de Jules Verne avant de venir. Nous l'avons étudié cette année en français, et Réda s'en est même servi pour son cours de géologie. Nous connaissons donc tous le nom d'Arne Saknussemm, ce mystérieux savant islandais du XVIe siècle, inventé par Jules Verne dans son roman. Arne Saknussemm, qui aurait atteint le centre de la terre en descendant dans le cratère du Sneffels, et qui aurait gravé son nom ou ses initiales en plusieurs endroits...

Cependant, cette histoire, nous savions bien sûr tous qu'elle était complètement imaginaire. Du moins c'est ce que nous pensions. Et voilà que subitement, alors que nous sommes enfermés dans ce labyrinthe souterrain, nous nous trouvons en face d'une pierre portant la signature d'Arne Saknussemm! Jules Verne n'aurait donc rien inventé du tout?

Il se serait seulement inspiré du récit d'un authentique alchimiste islandais?

Nous sommes tous groupés autour d'Alex, qui tient toujours la pierre comme un trophée. Ce sont bien les mêmes runes que nous avons vues dessinées dans le livre de Jules Verne.

– C'est fabuleux! murmure Catherine.

– Oui, mais nous n'allons quand même pas nous retrouver au vrai centre de la terre? fait Sarah avec angoisse. Je veux retourner chez moi, je ne veux pas rester ici.

– Nous allons tous retourner chez nous, fait Caroline. Le *Voyage au centre de la Terre*, c'est un roman et rien d'autre. On ne peut pas aller au centre de la terre, on ne peut même pas s'en approcher. C'est de la lave en fusion.

– Alors nous allons brûler! gémit Christiane en se serrant contre Sarah.

– Mais non, répond Caroline. Nous n'allons pas descendre dans la terre. Nous allons simplement chercher une issue pour sortir d'ici.

C'est la voix de la raison, Caroline. N'empêche que c'est bizarre, cette histoire d'inscription sur une pierre. Je demande à Alex de me la passer. C'est vrai qu'on reconnaît nettement les deux lettres, tracées dans cet alphabet des anciens peuples nordiques. Elles sont même trop nettes, à mon goût. Le basalte est encore brillant là où il a été éclaté. Les bords sont francs, même si le tracé est assez malhabile. On dirait qu'elles ont été gravées hier. Qu'est-ce que ça signifie ?

– Ça ne veut rien dire, me dit Alex. Il n'y a aucune érosion, ici. Pas de pluie, pas de vent, pas l'ombre d'une plante ou d'un lichen. L'inscription a pu rester nette pendant des siècles.

Tout de même, je ne suis pas convaincu. Si Arne Saknussemm avait vraiment existé, s'il était entré ici à la recherche d'un chemin vers le centre de la terre, s'il avait gravé son nom quelque part pour signaler son passage, il l'aurait fait sur une paroi ou sur un gros rocher stable. Pas sur une simple pierre perdue dans une galerie. Caroline approuve, les autres aussi. Oui, mais alors le mystère reste entier. Qui donc a tracé ces signes ?

– Pour le savoir il n'y a qu'une chose à faire, tranche Julia. De toute façon il n'y a qu'une chose à faire. Il faut descendre dans cette galerie.

Personne ne dit rien. Il n'y a rien à dire. En outre ce signe, même si nous ne savons pas comment il est arrivé là, est tout de même le signe de quelque chose. Il désigne cette galerie-là plutôt qu'une autre, il n'y a pas à hésiter.

Notre colonne se remet donc en marche en silence, toujours dans le même ordre. La pente est plutôt douce, le sol assez régulier, et nous avançons vite. Je note simplement que la chaleur, de nouveau, devient difficile à supporter.

La pente est plus raide, maintenant. Il faut parfois s'aider des mains pour franchir un passage difficile. La galerie zigzague, aussi. Par moment elle remonte brusquement, puis elle plonge de plus belle. C'est parfois un véritable puits qu'il faut descendre en s'agrippant aux parois. Il me semble que nous marchons depuis des heures, je suis fatigué, essoufflé. Tout le monde traîne la patte. Je sens le sommeil me gagner. L'intervalle entre chacun de nous s'élargit dangereusement. Soudain j'entends la voix de Caroline, loin derrière moi, pâteuse, lente :

– Illana, arrête-toi! On ne voit presque plus ta lampe!

Je la sens à bout de force, mais Illana n'entend pas. Elle est déjà trop loin, ou la voix de Caroline est trop faible. Je fais passer le message à Sarah, que je devine devant moi, à quelques mètres. Je l'entends répéter le message à Illana, dont j'entrevois la lumière danser plus loin, plus bas, à une distance que je n'arrive pas à évaluer. Je m'adosse à la roche en attendant que Caroline et Julia nous rejoignent. Jason s'assied. Au bout d'un long moment, les deux filles arrivent enfin, l'air épuisé. Julia soutient Caroline, mais je vois bien qu'elle-même n'en peut plus.

Je demande à Jason de se lever, car il ne nous reste plus que quelques mètres à descendre pour rejoindre Illana. Jason ne répond pas. Je me penche vers lui et je me mets à le secouer en criant :

– Hé ! Jason !

Il relève enfin lentement la tête. Il s'était endormi ! Il a un mouvement de recul en me voyant, mais il ne dit rien. Il n'a pas dû avoir le temps de rêver. Nous devons mobiliser toute l'énergie qui nous reste pour descendre les derniers mètres. La chaleur et la fatigue nous assomment. J'ai le vertige. Nous sommes tous écrasés par une irrépressible envie de dormir. Illana s'est affalée entre deux rochers, sa lampe est posée sur le sol. Alex s'est assis, tête baissée. Catherine s'est roulée en boule à côté d'Illana, elle a l'air de dormir déjà, ainsi que Christiane et Sarah. Nous nous laissons tomber à terre en silence.

– Illana, tu devrais éteindre ta lampe, suggère Julia d'une voix traînante.

Un long moment se passe avant qu'Illana ne réagisse. Enfin, elle ramasse sa lampe, l'éteint, et nous voici subitement plongés dans le noir absolu.

Je ne saurais pas dire combien de temps nous sommes restés ainsi, abrutis de sommeil et de fatigue. Je crois que j'ai dormi, mais cette fois d'un sommeil sans rêves. Mes yeux sont ouverts. L'obscurité est totale et, ouverts ou fermés, ça ne fait aucune différence. J'appelle doucement :

– Jason ? Caroline ?

Pas de réponse ! Puis, une voix étouffée me répond enfin. C'est Julia. Elle me dit qu'elle va allumer sa lampe. Je l'entends fouiller dans son sac, et soudain une lumière aveuglante jaillit dans le souterrain. Pendant que mes yeux s'accoutument à l'obscurité, je perçois des mouvements. Les autres se réveillent à leur tour. Je vois Jason s'étirer et se frotter les yeux. Discrètement, je lui demande s'il a rêvé. Il me dit que non, il n'a pas rêvé. Puis, en me regardant fixement, il ajoute qu'il n'a pas revu les créatures blanches non plus. Enfin, Illana se lève.

– Tout le monde est là ? demande-t-elle. Alors nous repartons.

La descente reprend, pénible. La galerie

s'enfonce à plus de quarante-cinq degrés, et souvent une pierre roule sous nos pieds. Il n'est toutefois pas question de nous espacer davantage et de risquer de nous perdre. Personne n'a dit un mot depuis le départ, nous sommes trop absorbés par les difficultés de notre marche.

Ce qui m'étonne le plus, c'est que malgré cette atroce chaleur, je n'ai pas très soif. Je n'ai pas faim, non plus. Quand nous étions là-haut, dans la grande caverne, j'ai pris un bout de mon sandwich, mais je l'ai abandonné après deux bouchées à peine, moins pour faire des économies que parce que je n'avais réellement plus faim. Je ne m'explique pas ce phénomène, mais d'un autre côté c'est un avantage. Au moins nos provisions dureront plus longtemps.

De temps en temps, surtout quand la galerie présente un coude et que la lumière de tête disparaît, Caroline allume sa lampe et lance un cri. Chaque fois, Illana s'arrête et attend que nous soyons regroupés. Puis, après avoir vérifié que personne ne manque, après avoir soufflé un peu, nous nous remettons en marche. Avec le temps, ces haltes se font de plus en plus fréquentes, et la voix de Caroline de plus en plus faible. Chaque fois, la pause dure plus longtemps. Au moment de repartir, il faut souvent secouer Jason, Sarah ou Christiane, qui sont en train de s'endormir. Est-ce que Julia n'aurait pas raison? Est-ce que ces galeries ne seraient pas envahies par des gaz toxiques?

Nous avons perdu toute notion du temps. Nos montres fonctionnent, bien sûr, mais ça ne nous sert pas à grand-chose de savoir l'heure si nous ne savons pas quel jour nous sommes. Illana pense qu'il ne s'est pas passé une journée depuis la catastrophe qui nous a précipités dans ce gouffre, mais les avis diffèrent. Caroline et moi croyons que plusieurs jours se sont écoulés ainsi dans l'obscurité. Jason, Sarah et Christiane aussi. Catherine est de l'avis d'Illana. Julia et Alex hésitent entre les deux.

Personne n'a vraiment envie de continuer. Personne n'y croit plus. Il nous semble que cet enfoncement sous la terre n'aura jamais de fin. Cependant, quand nous nous retournons, la perspective d'avoir à escalader ces rochers pour revenir en arrière nous rebute. Alors, comme des somnambules, nous reprenons notre descente.

Le temps passe. Après chaque pause, les départs sont plus douloureux. Il faut dormir encore, essayer de manger, peut-être. Je mords dans mon sandwich, une toute petite bouchée. Je la mastique sans enthousiasme, je la garde longtemps dans la bouche, je la suce plus que je ne la mâche. Finalement, je la laisse simplement se désagréger dans ma bouche, je l'avale petit à petit, comme une bouillie, et je remets le sandwich dans mon sac. Une demi-gorgée d'eau, et je n'ai vraiment plus ni faim ni soif. En revanche j'ai envie de dormir, comme si je n'avais pas dormi depuis des jours entiers.

On me tape sur l'épaule. Je me réveille en sursaut. C'est Julia.

– Il faut partir, dit-elle.

La morne descente continue, dans la chaleur et le silence. Au bout d'un long moment, je constate que la pente faiblit. Nous avançons un peu plus vite. À l'occasion d'une pause, je remarque aussi que la galerie a tendance à s'élargir. L'endroit paraissant assez confortable, nous décidons d'y poser nos sacs un moment. Je ne sais pas si c'est ma bouchée de sandwich de tout à l'heure qui me donne encore de l'énergie, mais tandis que les autres se reposent, machinalement, je fais les cent pas entre les rochers.

Quelqu'un a laissé sa lampe traîner par terre. C'est incroyable ! Chaque lampe est des plus précieuses. Sans lampe, nous serions définitivement perdus, tout espoir de sortir d'ici serait réduit à néant! Je la ramasse et je la donne à Illana en lui en faisant la remarque. Elle examine la lampe, elle soupire, puis elle demande à son propriétaire de la récupérer et de faire un peu plus attention, d'autant plus que la lampe est complètement cabossée. Il n'est même pas sûr qu'elle fonctionne encore.

Cependant, personne ne réclame l'objet. Chacun regarde, fouille dans son sac afin de vérifier s'il a la sienne, mais apparemment personne n'a rien perdu. Il y a un silence pesant. C'est vrai que nos esprits sont un peu comme nos corps, ils fonctionnent au ralenti. Enfin, Jason semble sortir de sa torpeur. Il s'approche d'Illana, il prend la lampe, l'observe bien à la lumière en la retournant dans tous les sens, et il déclare calmement :

– Ah! c'est la mienne, enfin! Elle est tellement abîmée que je ne la reconnaissais plus...

La lampe de Jason! Mais comment est-elle arrivée là? Je repense à mon couteau, que j'ai retrouvé de la même façon dans la première galerie, avec Caroline. Que se passe-t-il ici? Est-ce que nous tournons en rond? Est-ce que nous revenons sans cesse sur nos pas? Est-ce que, pendant ces innombrables périodes de sommeil profond qui semblent nous terrasser, nous marchons en fait comme des somnambules ? Est-ce que nous parcourons des kilomètres sans nous en rendre compte ? C'est incompréhensible ! Nous nous regardons tous avec un brin de suspicion, mais personne n'ose émettre un avis. C'est bizarre... et inquiétant.

Illana éteint sa lampe. Jason proteste, mais elle lui répond que, plus que jamais, il faut économiser les piles, et que pour l'instant il n'y a rien d'autre à faire que se reposer, ne serait-ce que pour que nous ayons les idées claires et que nous prenions de bonnes décisions. Cette fois le sommeil ne vient pas facilement. Nous sommes accablés de fatigue, c'est vrai, mais le mystère de la lampe retrouvée nous tourmente et ne fait qu'ajouter à notre angoisse. Parfois le sommeil est le plus fort et je m'endors tout de même, mais d'un sommeil entrecoupé de réveils rapprochés.

Soudain, je remarque en ouvrant les yeux que l'obscurité n'est plus totale. Je me redresse et je constate qu'une faible lueur baigne effectivement la galerie, une lueur qui vient du fond du souterrain. Je touche le bras de quelqu'un, à côté de moi. C'est celui de Julia. Je la secoue doucement et je murmure :

– Julia, regarde !

– Qu'est-ce qui se passe?

– Regarde là-bas, fais-je en lui indiquant du doigt la source lumineuse qui oscille au fond du souterrain. On dirait qu'il y a quelqu'un...

Aussitôt nous nous mettons à réveiller tout le monde, en faisant le moins de bruit possible, et en recommandant le silence absolu. Blottis les uns contre les autres, nous sommes comme hypnotisés par cette lumière qui se balance doucement, et qui monte vers nous. Car il n'y a pas de doute, cette lumière avance, cette lumière vient vers nous. Des secours arrivent-ils enfin? Ou bien autre chose... Catherine ne peut retenir un cri. Aussitôt nous la faisons taire, mais il est trop tard. La lumière s'est immobilisée, et une voix retentit. Une voix à la fois menaçante et inquiète.

– Ohé! là-bas! Qui êtes-vous? Montrez-vous!

Nous sursautons tous. Des lampes s'allument. Nous avons reconnu la voix de Stéphane! Il s'en est donc sorti lui aussi! Nous l'appelons maintenant à grands cris :

– Stéphane, Stéphane!

Le point lumineux se rapproche très vite. En fait, il n'était pas très loin de nous. Nous nous sommes tous levés et nous l'accueillons.

Il a l'air exténué. Sans répondre, il se laisse tomber sur le sol. Nous comprenons son apparent manque d'enthousiasme. Après tout ce temps passé seul dans des cavernes insondables, où il s'est cru perdu à jamais, où il a dû vivre dans une peur affreuse, dans un désespoir absolu, nous comprenons qu'il soit encore sous le choc.

Illana nous demande d'éteindre les lampes et de le laisser récupérer un peu. Ensuite seulement nous discuterons. Nous nous asseyons donc, et le calme revient. Puis Illana éteint sa propre lampe. Alors seulement Stéphane prend la parole. Sa voix est sourde, presque tremblante :

– Non ! n'éteignez pas tout ! Il faut laisser au moins une veilleuse.

– On n'a pas des tonnes de piles en réserve, Stéphane, dit Illana. Nous ne pouvons pas nous permettre de les gaspiller. Tu as peur du noir, maintenant ?

– Ne plaisante pas avec ça, rétorque Stéphane. La lumière est la seule chose qui leur fasse peur. Si on éteint tout, ils vont venir...

7

EUX !

Stéphane a changé. Stéphane est tout ce qu'on veut, un casse-cou, un casse-pieds, un vantard, même, parfois, mais il n'est pas un peureux. Stéphane rit tout le temps, il se moque de tout et il n'a peur de rien. Je crois que je ne l'ai jamais vu comme ça, si sombre, si taciturne. La fatigue ne suffit pas à expliquer ce changement. Et cette allusion bizarre, « ils vont venir... ». Mais qui donc, enfin ?

Stéphane est à présent en train de discuter à voix basse avec Jason, qui s'est approché de lui. Nous sommes perplexes. Illana balaie de sa lampe tous les coins et recoins de la grotte, mais en vain. Enfin Stéphane se lève. Ses traits sont tirés. Il dit d'une voix étouffée :

– Jason me dit que vous les avez vus, vous aussi ?

– Mais de qui parlez-vous, à la fin ! s'écrie Illana avec énervement.

– Les... les êtres blancs, reprend Stéphane

avec hésitation. Je ne sais pas comment dire. Des espèces d'hommes, peut-être. Très maigres ! Effroyablement maigres. Ils ressemblent à des araignées, mais ils sont blancs, ou gris-blanc. Incolores, en fait. Pâles.

– Je les ai vus en rêve, je lui dis. Enfin, j'ai rêvé de créatures du même genre, qui se penchaient sur moi et me touchaient. Caroline aussi, et Jason. Il semble que nous ayons tous fait le même rêve.

– Ce n'était pas un rêve, Florian, reprend Stéphane gravement. Ce n'est ni un rêve ni un cauchemar. C'est bien pire que ça...

Je revois ces formes inquiétantes penchées au-dessus de moi, en train de me palper avec leurs longs doigts maigres. Pas un rêve ? Mais qu'est-ce qu'ils me voulaient, alors ? Ce ne sont pas des cannibales, pourtant. Ils auraient eu cent fois l'occasion de nous découper en rondelles. Mais d'où viennent-ils, qui sont-ils, que veulent-ils ?

– Écoutez ! je n'y comprends rien, dit brusquement Illana. Qu'est-ce que c'est que ces histoires de fantômes ? Vous voulez jouer à nous faire peur ? Ce n'est vraiment pas très malin, vous ne trouvez pas que nous avons assez de problèmes comme ça, non ?

Alors, dans le désordre, nous commençons

à lui raconter ce que nous avons vu, ou ce que nous avons cru voir, dans l'obscurité des galeries. Jason, qui sent qu'on va enfin l'écouter, affirme avec force qu'il ne s'agit pas de fantômes. Que Stéphane a raison, qu'ils sont là, qu'ils rôdent tout autour de nous. De grandes créatures, à la fois hommes et insectes. Il répète que ce sont eux qui l'ont enlevé pendant son sommeil, et qu'ils lui ont volé son sac. Que ce sont eux qui ont volé sa lampe, eux qui ont pris mon couteau. Qu'ils nous guettent, qu'ils sont là. Et qu'ils attendent que nous soyons endormis pour nous emporter pour de bon dans les profondeurs de la terre...

Bon, il exagère peut-être un peu. S'ils avaient voulu nous emporter ils l'auraient sans doute déjà fait. Mais, malgré tout, cette menace insaisissable, nous la sentons maintenant tout autour de nous, avec une peur, une angoisse qui nous donne froid dans le dos. Ce qui m'étonne, cependant, c'est que je n'aie rien vu, à aucun réveil. Comment ont-ils eu le temps de disparaître, eux qui semblent si lents? Peut-être qu'ils font comme les vampires qui sucent le sang de leurs victimes endormies. Des vampires! C'est ça, sans aucun doute. Un peuple de vampires! C'est pour ça qu'ils ne nous tuent pas. Ils nous veulent vivants, pour pouvoir boire notre sang jusqu'à la dernière goutte !

Je pense à ces insectes qui, au lieu de tuer leurs victimes, leur inoculent un venin paralysant qui leur permet de les dévorer vivantes, ou de pondre leurs œufs dans leur corps, pour que leurs larves, en éclosant, puissent se nourrir de chair fraîche, de chair vivante. Mon estomac se noue. C'est donc ça qui nous attend ? Instinctivement je cherche sur mon cou, sur mon ventre, sur mes bras, des traces de morsures ou de piqûres, mais on n'y voit pas assez. Je sens bien avec mes doigts des égratignures un peu partout, mais j'ai aussi bien pu me les faire lors de ma chute.

– Écoutez, dit Caroline. L'important est de rester groupés, et de toujours laisser au moins un veilleur. Jusqu'à présent, il faut reconnaître qu'ils ne nous ont rien fait. Ils n'ont peut-être aucune mauvaise intention. Et, après tout, c'est nous qui sommes chez eux.

– Chez eux, chez eux, je dis. Est-ce que je suce le sang des gens qui viennent chez moi ? De plus, nous n'avons pas demandé à venir ici. Nous étions à l'extérieur. Si leur montagne ne s'était pas écroulée sur nous, nous y serions toujours, au soleil !

Stéphane baisse le nez. Il a l'air vraiment

gêné. Caroline me demande ce que c'est que cette histoire de sucer le sang. Je lui explique pourquoi je pense que ces êtres doivent être des vampires. Ils ne doivent certainement pas se contenter de déplacer des lampes ou des couteaux d'une galerie à l'autre. Ils faut bien qu'ils mangent aussi. Or jusqu'ici nous n'avons rien trouvé de très comestible. Même pas d'eau. Rien que du basalte.

Christiane et Sarah se serrent contre Illana. Catherine également. Julia jette des coups d'œil inquiets tout autour. Alex glisse sa main dans sa poche. Je sais qu'il a un couteau. Jason s'agite. Seul Stéphane reste immobile, tête baissée. Il dit d'une voix rauque :

– Je ne crois pas que ce soient des vampires. Je ne sais pas ce qu'ils sont, je ne sais pas ce qu'ils veulent, mais j'ai l'impression qu'ils ont encore plus peur de nous que nous n'avons peur d'eux.

– Parce qu'ils n'ont encore jamais vu d'êtres humains ! je lui fais. Ils sont surpris, ils hésitent. Pour l'instant ils observent, mais tôt ou tard ils vont s'enhardir et ils passeront à l'attaque.

– Raison de plus pour sortir d'ici au plus vite ! coupe Illana. Je ne les ai pas vues, vos araignées humaines, mais je n'ai aucune envie de les voir. Il faut continuer !

Tout le monde approuve, mais ce n'est pas suffisant. Par où aller? Stéphane a-t-il trouvé un passage? Comment est-il arrivé là? Il faut faire le point. Nous savons maintenant que nous ne sommes pas seuls dans ce monde obscur, que nous sommes épiés sans relâche par un peuple invisible dont nous ne connaissons pas les intentions. Un peuple qui connaît sans doute les moindres recoins de ce labyrinthe, qui sait se déplacer dans le noir et qui nous voit alors que nous ne le voyons pas.

Avant tout, Stéphane doit nous raconter ce qu'il sait. S'il est arrivé jusqu'à nous par un chemin différent, il y a peut-être d'autres chemins encore. Il faut qu'il nous dise tout, depuis le début. Comment il s'est retrouvé plus bas que tout le monde dans ces souterrains, ce qu'il a vu, qui il a vu. Enfin, pressé de questions de toutes parts, Stéphane commence son récit :

– Quand les rochers ont commencé à dégringoler, dehors, j'ai vite eu le pressentiment que toute la crête allait s'effondrer sur nous. J'ai entendu Réda nous crier de chercher un abri. La grotte, derrière moi, avait l'air assez vaste. J'y suis donc entré en vous criant de me suivre. À l'intérieur il faisait sombre, et avec toute la poussière soulevée par l'éboulement, je n'ai pas pu savoir si vous me suiviez. Je vous entendais juste crier. Dans le fond de la grotte, il m'a semblé qu'il y avait plusieurs fissures qui menaient plus loin. J'ai pensé que nous y serions en sécurité. Je suis entré dans la première pour voir, mais j'ai glissé et je suis tombé dans une sorte de trou. J'ai entendu un énorme grondement et j'ai perdu connaissance.

Stéphane n'a pas expliqué ce qu'il était venu faire tout au fond de la crevasse, ni ce qu'il y avait vu d'extraordinaire quand il nous a appelés pour la première fois. Sur le coup, nous avons d'autres préoccupations, et nous le laissons poursuivre son histoire :

– Quand je suis revenu à moi, le silence était total. Ni cri ni grondement, rien. Je n'avais pas dû tomber de très haut, j'avais une grosse bosse, mais rien de cassé. J'ai pris ma lampe afin d'examiner les lieux et de trouver un moyen de ressortir. Je me suis aperçu que la cheminée par laquelle j'étais tombé n'existait plus. Les parois s'étaient resserrées et la fissure s'était refermée. Je suis donc parti par la seule issue qui se présentait, une petite galerie d'à peine un mètre de haut. Je l'ai suivie à quatre pattes pendant un bon moment. Puis elle s'est agrandie, et je suis arrivé sur une sorte de plate-forme, avec des éboulis d'un côté et, de l'autre, une seconde galerie adjacente à celle par où je venais d'arriver. Les éboulis ne me semblaient pas sûrs, alors je suis reparti par l'autre tunnel.

Je reconnais, dans cette description, la corniche par laquelle nous sommes arrivés lorsque Julia et Alex sont venus nous chercher. Cette même corniche où nous sommes revenus ensuite, et où nous avons trouvé la pierre gravée, à l'entrée de la seconde galerie. Je lui demande :

– Tu as dû voir la pierre avec les initiales d'Arne Saknussemm, alors ? Elle était juste à l'entrée de la galerie.

– N... non, je ne crois pas... Je n'ai rien vu, bredouille Stéphane.

Il a l'air assez gêné. J'ai l'impression qu'il nous cache quelque chose, cependant il reprend très vite :

– J'ai fait tout le chemin que vous avez dû suivre par la suite, mais je suis arrivé beaucoup plus loin. En bas il y a une grande salle, assez haute de plafond, très chaude. J'étais tellement fatigué en y arrivant que je me suis laissé tomber et que je me suis endormi sur le coup. Je ne sais pas pendant combien d'heures j'ai pu dormir, pendant combien de temps je suis resté comme ça, sans défense, mais, soudain, je les ai vus! Je venais de me réveiller, ils étaient tout autour de moi, avec leur grosse tête blanche et inexpressive. Je me suis redressé en me frottant les yeux et j'ai allumé ma lampe. Mais il était trop tard, ils avaient disparu.

Les yeux de Jason brillent. Pour ma part, je suis assez perplexe. Il y a quelque chose d'incohérent dans toutes nos descriptions de ces créatures mystérieuses. Jason, Caroline, Stéphane ou moi les avons vues quelques fois, uniquement au moment du réveil. Une fois les lampes allumées, elles disparaissent comme par enchantement. C'est d'autant plus bizarre que nous sommes tous d'accord pour constater l'extrême lenteur de leurs mouvements. C'est inexplicable. Il faudrait admettre qu'il y a comme une espèce de cauchemar vivant qui hante ces galeries, une atmosphère empoisonnée qui provoque en nous cette fatigue et ces rêves identiques.

– Comment est-ce que tu expliquerais les déplacements d'objets, alors? demande vivement Jason alors que je viens d'exprimer mes doutes. Ton couteau et ma lampe, ils marchent tout seuls, peut-être!

Évidemment! Ça, je ne peux pas l'expliquer. Il faut bien admettre que ce peuple pâle existe réellement, mais je ne peux pas davantage m'expliquer ses subites apparitions et disparitions.

– En tout cas, reprend Stéphane, je ne les ai pas seulement vus. Je les ai aussi touchés.

– Touchés! nous exclamons-nous d'une seule voix.

– Oui, touchés, répète-t-il. Quand je me suis levé et que j'ai éclairé partout avec ma lampe, j'ai pensé que j'avais rêvé, comme Florian, et que je m'étais réveillé au milieu d'un cauchemar. J'ai tout de même essayé d'appeler, de crier, peut-être plus pour me rassurer qu'autre chose, et il m'a semblé un instant que j'entendais une réponse. Une voix extrêmement lointaine qui criait : «Ohé, ohé!» Ce n'était peut-être que l'écho de ma propre voix, mais dans le doute je me suis dirigé de ce côté-là. J'ai marché assez longtemps, des heures, peut-être, mais je n'entendais plus un bruit, et je ne pouvais donc pas savoir si je me dirigeais dans la bonne direction. Cette salle était immense. Je me suis rendu compte que je m'étais perdu.

C'est vrai qu'il a du cran, Stéphane! S'enfoncer comme ça tout seul dans une caverne pareille! Moi, je crois que je n'aurais pas bougé. Il reprend :

– C'est à ce moment que j'ai décidé de revenir en arrière. Seulement je n'étais plus très sûr de la direction à suivre. Je me suis dit que ma lampe, au lieu de m'aider, réduisait peut-être mon champ de vision à son étroit faisceau, et que la lumière, en rétrécissant mes pupilles, affaiblissait ma vision et m'empêchait de percevoir certains détails. Alors j'ai éteint, j'ai attendu que mes yeux s'accoutument à l'obscurité, et je me suis mis à scruter cette nuit noire. C'était partout l'ombre la plus épaisse, et le silence était impressionnant. Toutefois, au bout d'un moment, il m'a semblé percevoir comme un mouvement, comme une ombre qui se déplaçait, une ombre plus claire que le fond noir des rochers, qui avançait là-bas, tout au fond. Immédiatement, j'ai rallumé ma lampe et je l'ai braquée dans cette direction.

– Et tu les as vus? questionne Jason.

– Non, je n'ai rien vu. Il n'y avait rien que de la pierre. Mais il m'a semblé qu'une ouverture s'ouvrait dans la paroi. Je me suis donc dirigé par là. J'ai mis un temps fou à y arriver. Quand j'ai atteint l'ouverture, je n'en pouvais plus. J'ai vu que la pente grimpait, derrière, et j'ai décidé de me reposer avant de m'y risquer. J'avais peur de m'endormir : la fatigue était si forte que je me sentais partir. Assis, adossé à une grosse pierre, j'ai lutté longtemps contre le sommeil, mais j'ai fini par céder. C'est alors que tout est arrivé. J'ai senti des souffles tièdes sur moi, des doigts qui me parcouraient, j'ai entendu comme des sifflements. J'étais paralysé par la peur, mais je voulais savoir. Je n'ai pas ouvert les yeux, et soudain j'ai lancé une main en avant, au hasard, et j'ai attrapé quelque chose de dur, quelque chose de sec. Quelque chose comme une branche morte, mais plus lisse, comme un serpent qui serait devenu raide. Aussitôt j'ai entendu un cri. Un couinement, plutôt, une espèce de couinement de souris. Cette fois, j'ai allumé ma lampe et je l'ai braquée sur cette chose : une grosse tête ronde et blême, avec seulement deux taches noires à la place des yeux. Dans ma main, je tenais l'un de ses bras, horriblement décharné. La chose s'est recroquevillée comme une araignée qu'on écrase, et elle s'est violemment arrachée à mon emprise. Ensuite j'ai vu ces formes pâles s'évanouir dans les rochers, comme si elles s'y fondaient. Puis... plus rien. Je me suis enfin enfoncé en courant dans la galerie qui s'ouvrait là, sans réfléchir, sans même me rendre compte que c'était celle par laquelle j'étais arrivé dans cette grande salle.

– Et tu es tombé sur nous, dit Illana.

– Oui, fait Stéphane. J'ai d'abord perçu des mouvements, des souffles, comme la première fois. C'est pour cette raison que j'ai appelé. Je voulais savoir. Je ne pensais pas du tout à vous, je croyais que c'était eux, encore, et je voulais les forcer à apparaître. J'ai été rudement soulagé quand j'ai entendu vos voix.

Stéphane se tait. Le silence retombe. Un silence menaçant, un silence affreux dans lequel nous essayons de distinguer les frôlements de ces invraisemblables créatures. La peur est là, épaisse, compacte. Elle pèse sur nos têtes comme une chape de plomb. Nous sentons tout autour de nous la présence invisible de ces êtres, mi-hommes mi-araignées. Que faire, maintenant? Il est hors de question de continuer à descendre, d'aller nous jeter dans l'antre de ces monstrueuses araignées, au royaume de la peur...

– Il n'y a pas d'autre solution, dit Illana. Il faut remonter dans la grotte supérieure. Apparemment, ces créatures n'y vont pas, puisqu'elles n'ont été vues que par ceux qui sont tombés dans les galeries plus profondes.

Jason n'est pas d'accord sur ce point. Il affirme que les habitants des cavernes y sont venus puisqu'il les a vus, lui, mais Illana lui répond qu'ils y viennent peut-être moins souvent. Caroline suggère que c'est parce qu'il y fait plus frais, et que ces monstres doivent davantage apprécier la chaleur qui règne en bas. Quoi qu'il en soit, plus près nous serons de la surface, plus nous aurons de chances d'être retrouvés par des sauveteurs. L'idée d'aller chercher une issue vers le bas n'a plus aucun partisan à présent : le récit de Stéphane nous a tous glacés d'épouvante.

Stéphane est trop fatigué pour que nous repartions maintenant. Il s'endort déjà. Nous le laissons se reposer. En attendant, nous essayons de manger un peu, sans appétit, tout en somnolant. Une lampe reste allumée en permanence. Je pense que nous avons intérêt à trouver rapidement une sortie, parce que sa pile faiblit déjà et que notre stock est plutôt mince. Je n'ose imaginer le moment où il ne nous restera plus aucune pile...

J'en suis là de mes réflexions quand un grondement épouvantable se fait soudain entendre, accompagné de vibrations dans le sol. Le bruit vient de là-haut, de la galerie supérieure. Les sauveteurs, enfin ?

8

LA PEUR

Le bruit nous sort de notre torpeur. Illana se lève d'un bond.

– J'avais raison! s'exclame-t-elle. Les secours arrivent, ils ont réussi à faire sauter les éboulements. La voie est libre. Allons-y!

Tout le monde est debout. Malgré sa fatigue, Stéphane se lève aussi. Il a l'air soulagé. Nous sommes tous gagnés par la même fièvre, nous poussons des cris d'excitation. Catherine danse, Alex remet son couteau dans sa poche. Il l'avait gardé à la main. Cette fois, le départ se fait sans effort. Nous ramassons nos sacs. Tous ceux qui ont une lampe l'allument. Au diable les économies maintenant! Nous nous mettons en marche, tout en poussant des grands «ohé! nous sommes là! par ici!»

Tout à notre exaltation, nous partons dans le désordre le plus total. Seule Caroline semble conserver son calme. Elle reprend la dernière place dans la file et n'allume pas sa lampe. Elle est accompagnée de Stéphane, que j'entends murmurer : « Je serai le dernier à sortir. »

La montée est pénible. Nous avions oublié combien la torpeur est accablante dans ces souterrains. Nous rêvons d'air frais, tout en haletant et en grimpant à quatre pattes dans les passages les plus difficiles. Très vite, le silence revient. Nous faisons quelques mètres, puis nous nous arrêtons, hors d'haleine.

– Ça ne sert à rien d'aller à cette allure, dit Stéphane. Plus nous faisons d'efforts, plus la fatigue nous freine. Il faut aller lentement, et nous ferons tout le trajet sans avoir à nous arrêter.

C'est vrai. Très rapidement, nous constatons que les gestes lents ne nous coûtent que peu d'énergie, alors que les gestes plus vifs semblent rencontrer une résistance plus grande, comme si nous avancions dans l'eau. Je repense aux êtres de la caverne, qui eux aussi se meuvent très lentement. Le problème, évidemment, c'est que ça n'en finit plus. Nous trépignons d'impatience tant la délivrance nous semble proche, mais nous sommes obligés de conserver cette allure d'escargot. Enfin, tant pis si ça dure encore quelques heures. Ce sont les dernières.

Soudain des exclamations se font entendre, devant. Sauvés ? Non. Ce sont des cris de déception, des cris de désespoir. J'accélère pour franchir les derniers mètres qui me séparent de ceux qui sont en tête, suivi de près par Stéphane et Caroline. J'ai l'impression que mon cœur va éclater, ma gorge est sèche, mes jambes flageolent. Je tombe enfin sur une scène de désolation : Illana est assise, complètement abattue, Jason pousse des cris de rage et donne des coups de pieds sur la paroi rocheuse, Christiane et Sarah sont en larmes, Alex s'écorche les poings en frappant la pierre, et Julia soutient Catherine qui s'effondre... Tous sont impuissants et atterrés devant le spectacle qui s'offre à nos yeux : devant nous se dresse un mur de pierre, un amas de rochers incontournables, une barrière infranchissable ! La galerie s'arrête là !

Dire que nous avons pris ce bruit pour celui des sauveteurs qui venaient d'ouvrir une brèche vers le jour ! C'était celui de l'effondrement qui vient de nous couper définitivement la route du retour. Ces rochers doivent peser des tonnes. Je me laisse tomber sur une pierre. Peu à peu, tous se taisent, s'asseyent ou s'allongent. Il ne reste plus que le bruit des sanglots de désespoir. Cette fois, c'est la fin ! Nous voilà dans notre tombeau !

Inutile de rêver. Nous n'avons ni pelles, ni pioches, ni explosifs. Que peuvent nos ongles contre cette masse de rochers? Il n'y a plus rien à faire, il n'y a plus rien à faire! Jamais la chaleur ne s'est faite si accablante, jamais le silence n'a été si pesant. Lourd de menaces, il cache des bruits imaginaires mais terrifiants, les bruits de respiration des mystérieux vampires des ténèbres, les frottements de leurs membres contre les rochers, les cliquetis de leurs mandibules.

Ce peuple incompréhensible est tout autour de nous, tapi dans l'ombre, à l'extérieur du petit cercle de lumière dessiné par nos lampes. Il va se rapprocher quand la lumière faiblira. Le cercle va se resserrer, se refermer sur nous, en attendant que l'obscurité soit complète. Et alors, ils viendront, lentement, sûrs de leur victoire. Nous sentirons d'abord leur haleine sur notre visage, puis le contact de leurs longs doigts sur notre peau. Et lentement, très lentement, ils nous viderons de notre substance, ils la suceront jusqu'à ne laisser de nous que des peaux mortes, comme celles que laissent les serpents après leur mue.

La peur est sur nous, à l'exclusion de tout autre sentiment, si ce n'est celui de l'impuissance la plus totale. Il ne nous reste aucun espoir. Notre seule question maintenant est de savoir combien de temps va durer notre agonie, et quelles souffrances nous attendent. Disparaîtrons-nous les uns après les autres, les survivants voyant avec angoisse leur nombre diminuer, se demandant lequel d'entre eux sera la prochaine victime ? Et eux, les autres, laisseront-ils simplement agir la faim pour se délecter ensuite de nos cadavres, ou oseront-ils, dès qu'ils nous sentiront assez affaiblis, nous entraîner dans leur antre, au plus profond de la terre ?

Je n'avais jamais imaginé que je mourrais un jour, et encore moins de quelle façon. Les accidents, on pense toujours que ça n'arrive qu'aux autres. Les vieilles personnes meurent parce qu'elles sont vieilles. C'est normal... C'est dans l'ordre des choses. Mais est-ce que, à douze ans, on peut se retrouver ainsi enterré vivant, au milieu de créatures de cauchemar qu'on ne peut même pas voir ? Je repense à ce qu'a dit Stéphane : « Ce n'est ni un rêve ni un cauchemar. C'est bien pire que ça... »

C'est ça, le désespoir. Après un cauchemar, on se réveille. Le jour vient chasser les ombres terrifiantes. Mais ici, nous sommes dans la situation inverse. Les ténèbres vont se faire de plus en plus pressantes, elles vont nous submerger, nous noyer, et nous ne nous réveillerons plus jamais. Ce n'est pas de la peur, c'est pire. Ou alors c'est ça la peur, la grande peur, celle à laquelle on ne peut échapper. Je ferme les yeux. Tant pis si je m'endors. Qu'ils viennent, maintenant, et qu'on en finisse au plus vite! Tout vaut mieux que d'attendre indéfiniment ce qui, de toute façon, finira par arriver. J'entends soudain une voix, nette, presque tranchante :

– Nous ne pouvons pas rester ici. Ça ne sert à rien. Il faut redescendre dans la grande salle!

C'est Alex. Sa voix décidée nous fait un drôle d'effet. Comme une gifle. Descendre? Aller chez eux, pour se jeter dans une souricière? Un frémissement d'horreur passe sur nous.

– Rien n'est encore joué, reprend Alex. Nous sommes tous là, et nous ne sommes pas encore morts. Si ces créatures veulent nous prendre, elles le feront de toute façon, ici ou ailleurs! Nous ne pourrons pas les en empêcher. Alors, autant aller de l'avant.

– C'est vrai, ajoute Julia. Après tout, ils ne nous ont rien fait. Ils sont peut-être inoffensifs. Nous n'avons rien à perdre, et peut-être quelque chose à gagner.

– Quelque chose à gagner? fait Christiane.

– La délivrance, répond Julia dans un soupir.

On sent qu'elle n'y croit pas vraiment, toutefois elle a raison. Il est inutile d'attendre notre mort ici. Tant qu'il reste un espoir, même une chance sur un million, il faut tenter le coup, essayer de trouver un autre chemin.

– Dans ce labyrinthe, continue Alex, il doit bien y avoir d'autres galeries qui s'approchent de la surface. Il doit bien y en avoir une qui débouche dans l'ancien cratère du volcan. Il suffit de la trouver.

Il suffit de la trouver! Il en a de bonnes, Alex! Cependant, cette possibilité infime, improbable, est quand même une lueur d'espoir. C'est la seule. S'il faut piétiner ces êtres inconnus pour y parvenir, nous le ferons. C'est eux ou nous. Nous commençons à nous organiser. Illana ira devant avec Stéphane, Caroline et Julia fermeront la marche. Toutes les lampes s'éteignent, sauf celle de Stéphane, et nous partons silencieusement, accompagnés du seul bruit de nos pas et des pierres qui roulent sous nos pieds.

Nous suivons le principe de Stéphane. Nos gestes sont lents, nous nous laissons glisser mollement le long de la roche. Nous laissons la pesanteur travailler à notre place, et nous ressentons moins le besoin de nous arrêter pour nous reposer. La descente reste toutefois très lente, et nous devons tout de même faire deux pauses assez longues avant d'arriver en bas. Nous avons décidé de laisser chaque fois deux veilleurs au lieu d'un seul, tant pour qu'ils s'empêchent mutuellement de s'endormir que pour surveiller le moindre mouvement suspect dans l'ombre environnante. Malgré la chaleur, durant ces pauses, nous nous blottissons tous les uns contre les autres et, malgré la peur, nous finissons par nous endormir.

Enfin la pente faiblit, et nous arrivons au seuil de la vaste salle, cette salle qui est le territoire de l'ennemi. En se retrouvant dans cet endroit où il a saisi une des créatures par le bras, Stéphane frissonne et rentre la tête dans les épaules. Nous allumons une deuxième lampe pour examiner ce lieu effrayant. La salle est immense, nos lampes n'arrivent pas à en éclairer le fond. La voûte s'élève très haut au-dessus de nous. Ni stalactites ni formations calcaire. Ce plafond est nu comme la main, noir et triste.

– Stéphane, te souviens-tu dans quelle direction tu es parti? demande Illana après avoir longuement scruté les ténèbres. Tu as dit que tu avais cru entendre une voix, non?

– Oui, fait Stéphane d'un ton morne. Mais je n'en suis pas sûr. C'était peut-être l'écho. L'écho déforme la voix, et en plus, on ne reconnaît jamais sa propre voix.

– L'écho déforme la voix, d'accord, je lui dis, mais il ne change pas les paroles. Est-ce que tu te souviens de ce que tu as crié, et de ce qu'on t'a répondu?

– Non, pas avec précision, répond Stéphane. C'est bien ce qui m'ennuie. Sur le coup, j'ai vraiment cru que c'était une autre voix. C'est seulement plus tard que j'ai pensé à l'écho. D'ailleurs, je n'ai plus rien entendu, après.

Une seule chose à faire, essayer! À tour de rôle, nous nous égosillons. Nous crions dans toutes les directions, avec les mains en porte-voix, mais aucune réponse ne vient. Aucune réponse, aucun écho. Peut-être est-ce parce que nos voix sont trop faibles, épuisés comme nous le sommes. Pourtant je n'y crois pas. S'il y avait de l'écho ici, il résonnerait au moindre bruit. Alors... Serait-il possible qu'il y ait quelqu'un là-bas, au-delà de cet abîme que n'arrivent même pas à percer nos lampes? Mais quelle direction choisir?

– Nous ne trouverons rien au centre, dit Caroline. Tout ce que nous risquons c'est de nous perdre davantage. Il faut faire le tour, jusqu'à ce que nous trouvions une issue.

– O.K.! fait Illana. Alors, à droite ou à gauche?

Nous regardons des deux côtés. C'est noir partout. C'est l'inconnu à droite comme à gauche. Cette fois, il n'y a aucun indice, aucune inscription gravée sur une pierre. Je regarde Stéphane à la dérobée. Il regarde par terre. Il semble accablé par un poids immense, comme si le malheur dans lequel nous sommes plongés lui pesait plus qu'à tout autre. C'est étonnant. Stéphane est habituellement un garçon très fort, capable de tenir tête à n'importe qui. Il est vrai que ces êtres souterrains ne sont pas n'importe qui. Il est vrai aussi que lui, il les a touchés. Sa main doit encore le démanger.

Évidemment, cette attitude bizarre ne contribue pas à nous soulager de la peur qui nous tenaille. Son audace reconnue de tous nous incite habituellement à placer notre confiance en lui, à nous reposer sur son assurance, mais, à présent, son allure inquiète, ses épaules voûtées, son regard de condamné à mort ne font qu'ajouter à la terreur que nous éprouvons tous. Ni l'énergie d'Illana, ni la confiance de Caroline, ni le calme apparent de Julia ou d'Alex ne suffisent à dissiper cette mortelle anxiété.

Dans les galeries, confusément, nous nous sentions peut-être protégés par l'étroitesse des parois. C'était comme une carapace autour de nous. Nous étions dans une forteresse où il n'y avait que deux issues à défendre, l'épaisseur de la pierre restant malgré tout une protection. Ici, au contraire, à l'entrée de cette salle dont nous ne sommes même pas capables d'apprécier les dimensions, l'insécurité prend des proportions effrayantes. Nous nous sentons nus, exposés à tous les dangers. Nous sommes des victimes désignées, offertes à tous les habitants de ce monde ténébreux, quels qu'ils soient.

– À droite ou à gauche? répète Illana.

– Peut-être à droite, dit Stéphane au bout d'un moment. Il me semble vaguement que la voix que j'ai entendue, si c'était vraiment la voix de quelqu'un, venait plutôt de là, mais je ne suis sûr de rien, je ne veux pas vous obliger...

– À droite ou à gauche, ça n'a aucune importance, fait Alex. L'essentiel c'est de bouger. Allons où dit Stéphane!

Stéphane soupire et hoche la tête d'un air fatigué. La descente a été éprouvante. Nous prenons chacun une gorgée d'eau, quelques miettes des sandwichs maintenant rassis, et nous repartons enfin, dans le même ordre, sans cesser de jeter des regards anxieux tout autour de nous.

Je n'aimerais pas être à la place de Caroline, à l'arrière, sur qui l'ombre se referme au fur et à mesure de notre avance. Elle doit sentir, dans son dos, les menaces les plus affreuses lui coller aux talons. Elle voudrait peut-être changer de place. Je me retourne pour lui demander si ça va. Elle marche de front avec Julia. Elles se tiennent par la main. J'hésite. Finalement je ne dis rien et je repars en regardant devant moi.

Le chemin n'est pas facile. Le bord de la grotte est parsemé de rochers énormes qu'il faut contourner, ou de crevasses que nous ne nous risquons pas à franchir d'un bond. Nous sommes alors contraints à de longs détours pour revenir aussi près que possible de la paroi. Ces crevasses ont l'air très profondes. À un certain moment, je profite d'une halte que nous faisons près d'une de ces fissures pour y jeter un caillou. Nous sommes tous penchés au-dessus de l'ouverture béante. Il me semble qu'une chaleur encore plus infernale monte de ce trou insondable. Le caillou tombe, tombe...

Je n'ai pas pensé à compter, mais le temps passe. Il n'y a donc pas de fond!

Instinctivement, nous reculons. Un gouffre sans fond, c'est une abomination! Enfin, très loin, très très loin, nous entendons un léger toc, toc, toc, suivi d'un long silence. Pendant combien de temps ce caillou est-il tombé? Quelle peut être la profondeur de cet abîme? Alex s'approche en rampant. Il avance sa tête jusqu'au bord du trou. Julia et Stéphane le tiennent par les pieds, tant nous avons l'impression que cette fissure béante va soudain l'aspirer.

– Alex, entends-tu quelque chose? chuchote Julia.

Alex ne répond pas tout de suite. Nous retenons notre souffle. Un long moment passe, dans un silence de mort. Puis Alex se retire, comme s'il craignait que sa voix ne le trahisse en tombant dans la crevasse, et il murmure faiblement:

– Il me semble qu'il y a des frottements, très loin, contre la pierre. Comme si quelque chose glissait dessus. Et... on dirait que ça monte vers nous...

Ces paroles nous glacent d'épouvante. C'est donc par là qu'ils montent! Par là aussi qu'ils disparaissent! Ces cauchemars vivants se terrent dans les profondeurs les plus obscures, ils vivent sous nos pieds, et à tout instant ils peuvent surgir par la moindre fissure pour nous agripper les chevilles avec leurs doigts osseux. Nous sommes cernés, rien ne peut nous protéger, ils peuvent jaillir du sol entre nos jambes, ou bien tomber sur nous du plafond comme des araignées.

Nous ne sommes que du gibier. Un gibier perdu dans les grands fonds.

9

EN FUITE

Fuir! Fuir au plus vite! C'est maintenant la seule idée qui nous guide. Qui nous pousse, plutôt, car il n'y a plus rien pour nous guider. Nous ne savons pas où aller. C'est la panique. Nous ne réfléchissons plus. Tout nous semble préférable à la proximité de ces trous qui risquent à tout moment de vomir sur nous des fantômes décharnés.

Nous nous redressons et nous partons pêle-mêle. Au risque de nous égarer davantage, au risque de perdre notre dernière chance de revoir le jour. Plus question de respecter un ordre quelconque, l'idée d'être le dernier de la file nous emplit de terreur. Les yeux rivés sur la lumière qu'agite Stéphane, nous ne pensons qu'à nous y accrocher, à en rester le plus près possible. C'est notre seule chance de salut. Nous n'hésitons pas à agrip-per celui ou celle qui nous précède pour prendre sa place. Dans ce désordre, il y a des coups et des chutes.

J'entends Caroline crier, et Jason, qui se trouvait juste devant moi, disparaît soudain.

– Silence! arrêtez-vous! hurle soudain Alex par-dessus tout ce tumulte.

Personne ne l'écoute et la bousculade continue. Alex saisit alors Catherine par le bras –elle passait à sa portée en hurlant – et il la gifle à toute volée. Cette fois, le silence se fait. Nous sommes estomaqués par ce geste dont la violence nous fait l'effet d'une douche glacée.

– Excuse-moi, fait Alex en mettant son bras sur l'épaule de Catherine et en essayant de la consoler. Tu ne méritais pas ça, mais il fallait absolument faire quelque chose, et c'est toi qui a pris pour les autres. C'était... c'était le seul moyen, et ce n'est vraiment pas le moment de paniquer.

Les filles lui jettent des regards noirs. Catherine se dégage et se réfugie auprès d'Illana. Dans le silence, nous entendons alors un gémissement. Jason! Je l'ai vu tomber à l'instant. Je demande à Stéphane d'éclairer dans la direction d'où vient le cri. Caroline allume également sa lampe. Heureusement, Jason n'est pas loin. Il est là, à deux pas de moi, recroquevillé au fond d'un trou peu profond.

– Ça devait arriver, fait calmement Alex. Sortons-le de là.

Je descends avec lui dans le trou et nous aidons Jason à se relever. À peine debout, il pousse un hurlement de douleur.

– J'ai la jambe cassée, j'ai la jambe cassée ! crie-t-il.

Nous le faisons prendre appui sur nos épaules et, tant bien que mal, nous tentons de sortir du trou. À chaque mouvement, Jason gémit de douleur. Quelle catastrophe ! Il ne manquait vraiment plus que ça. Nous atteignons enfin le bord du trou et nous l'aidons à s'asseoir. Caroline s'approche. Elle a suivi un cours de secourisme. Elle s'agenouille devant Jason et se met à lui palper la jambe qui lui fait mal. Il grimace en se mordant les lèvres. Puis elle délace sa chaussure, et Jason sursaute violemment en réprimant un cri.

– Je ne crois pas que ce soit une fracture, dit Caroline. C'est la cheville. C'est peut-être seulement une entorse.

– Mais je ne vais plus pouvoir marcher ! s'écrie Jason. Vous... vous n'allez pas m'abandonner ici ?

– Qui parle de t'abandonner, fait doucement Caroline. Il n'est pas question d'abandonner qui que ce soit. Nous restons tous ensemble.

Avec un t-shirt de rechange, elle fait une

sorte de bandage autour de la cheville de Jason, mais il n'est pas question qu'il puisse marcher. Il n'est pas question non plus de rester ici. Nous l'aidons donc à tour de rôle. Alex et moi prenons le premier tour. Illana reprend la tête, avec Catherine, Sarah et Christiane. Cette fois, c'est Stéphane qui reste à la queue du groupe.

Les difficultés de la marche sont maintenant énormes. Nous progressons mètre par mètre, en trébuchant sur chaque pierre. La pensée qu'une de ces innombrables crevasses peut nous avaler au moindre faux pas nous fait redoubler de prudence. Avec une peine infinie, nous parvenons enfin à la paroi de la grotte que nous avions dû abandonner pour contourner le puits dans lequel j'ai lancé la pierre. De nouveau, la question se pose. Devons-nous rester groupés, ou vaut-il mieux envoyer un petit groupe à la recherche d'une galerie latérale ?

L'idée de nous séparer n'emballe personne. Notre cohésion est le dernier rempart contre la menace invisible qui pèse sur nous. D'un autre côté, nos recherches risquent d'être gravement retardées par notre extrême lenteur. En outre, qui envoyer comme ça, dans cette impénétrable obscurité ? Devons-nous plutôt nous scinder en deux groupes égaux? Sommes-nous sûrs au moins de nous retrouver, par la suite? N'est-ce pas prendre un risque énorme en vue d'un résultat illusoire? Nous baissons la tête, sans oser prendre de décision. C'est alors que Stéphane déclare :

– Moi j'irai! J'irai seul!

– Seul? Mais pourquoi seul? fait Illana.

– Parce que... parce que c'est à moi d'y aller, répond Stéphane, hésitant.

Décidément, Stéphane n'est plus le même. Son courage est digne d'admiration, bien sûr, mais pourquoi cette raison bizarre : «c'est à moi d'y aller»? Pourquoi à lui plutôt qu'à un autre? Je suis de plus en plus persuadé qu'il nous cache quelque chose. Est-ce qu'il a découvert, lors de sa première descente dans cette salle où nous sommes actuellement, un secret qu'il veut garder pour lui seul? Je repense à son hésitation quand je lui ai demandé s'il avait vu la pierre gravée aux initiales d'Arne Saknussemm. Tout cela m'intrigue.

– Écoute, Stéphane, je lui dis. Tu ne peux pas y aller tout seul, ça n'a pas de sens. J'irai avec toi.

– C'est sympa, Florian, répond Stéphane, mais ce n'est vraiment pas nécessaire. Je m'en sortirai tout seul, ce n'est pas la peine de multiplier les risques.

– Il n'est pas question de multiplier les risques, intervient Illana. À deux, vous multiplierez les chances, au contraire. Et s'il t'arrivait quelque chose? Il vaut mieux que vous soyez deux!

Finalement, Stéphane se laisse convaincre et nous convenons de partir tous les deux en longeant la paroi le plus loin possible sans jamais s'en écarter, jusqu'à ce que nous trouvions un passage. Pendant ce temps-là, les autres continueront à leur rythme avec Jason. Ce n'est pas si terrible que ça, dans le fond, nous disons-nous pour nous donner du courage. Même si nos lampes n'éclairent pas à une grande distance, elles sont visibles de beaucoup plus loin. Il paraît que la simple flamme d'une bougie peut se voir à deux kilomètres, par temps clair. Au moins, les autres pourront nous localiser.

Munis de deux lampes, d'une gourde et de deux sacs de chips, nous partons donc à pas lents. Stéphane passe devant. Il éclaire le sol, afin d'éviter que nous nous précipitions dans une crevasse et, tous les cinq ou dix pas, il balaie la paroi dans l'espoir d'y découvrir une ouverture. Après quelques minutes, l'obscurité s'est refermée sur nous, et je commence à me demander quelle idée j'ai eue là. Illana nous crie un dernier «bonne chance», puis nous n'entendons ni ne voyons plus rien, car nous venons de passer derrière un rocher.

Notre avance se poursuit, lente et silencieuse. De temps en temps, en me retournant au détour d'un rocher ou d'une fissure que nous devons contourner, j'aperçois le petit point lumineux de la lampe d'Illana qui oscille. Ils ont dû se remettre en marche. De notre côté, rien. La paroi de cette caverne est pleine d'aspérités, mais elle est complètement dépourvue de la moindre ouverture. Puis nous nous rendons compte que cette paroi s'écarte sensiblement vers la droite, comme si la grotte faisait un coude brusque, comme si elle s'élargissait soudainement. Nous passons ce cap en le longeant pour ne pas nous perdre vers l'intérieur et en me retournant une dernière fois, je m'aperçois que la lumière de l'autre groupe vient de disparaître définitivement derrière l'éperon rocheux.

Ça doit faire plusieurs heures maintenant que nous sommes partis. Nous nous arrêtons pour nous reposer. Nous n'avons pas dit un mot depuis le départ. La fatigue et l'attention soutenue que nous devons porter à la fois au sol et au mur de pierre que nous longeons ne sont pas pour favoriser la conversation. Maintenant, nous pouvons nous détendre un peu.

– Stéphane ?

– Oui.

– Si nous nous endormons, maintenant, qu'est-ce qui peut se passer ?

– Je vais essayer de ne pas m'endormir, dit Stéphane.

– Tu... tu crois qu'ils nous observent ?

– Peut-être. Sans doute, même.

– Stéphane, pourquoi est-ce que tu disais que les... que ces êtres ne sont pas des vampires ? Pourquoi est-ce que tu disais qu'ils ont peut-être plus peur de nous que nous n'avons peur d'eux ?

Un long moment s'écoule avant que Stéphane ne réponde. Enfin il dit :

– Quand j'étais tout seul, là-bas, et qu'ils étaient tout autour de moi, ils auraient pu me massacrer, me saigner comme un cochon. J'étais sans défense, ils avaient le temps, ils avaient le nombre, mais ils n'ont rien fait. Et la lumière doit les terroriser, pour qu'ils disparaissent comme ça dès qu'on allume. Enfin, lorsque j'en ai attrapé un par le bras, j'aurais juré que le cri qu'il a poussé était un véritable hurlement de terreur. Ils ont peur de nous, c'est certain.

– Et toi, tu n'as pas peur d'eux?

– Si! j'ai peur d'eux! répond Stéphane. Ils me font peur parce que je ne les comprends pas, parce que je ne comprends pas ce qu'ils veulent, parce que je les trouve hideux. Quand je me suis retrouvé seul au milieu d'eux, j'ai vraiment eu la peur de ma vie. Maintenant, en y réfléchissant, je me rends compte que, eux aussi, ils ont dû avoir peur. D'ailleurs, comme le disait Caroline, c'est nous qui sommes chez eux. Pour eux, nous devons être des extraterrestres.

J'imagine, en effet, ce que j'éprouverais si des êtres inconnus surgissaient soudain dans notre monde, dans notre vie de tous les jours, en braquant sur nous des armes éblouissantes. Évidemment, je ne serais pas à mon aise. Est-ce que j'essayerais de communiquer avec eux? Peut-être pas. J'aurais trop peur de me faire désintégrer, ou de disparaître dans une soucoupe volante et de me retrouver prisonnier sur une planète inconnue. Qu'est-ce que je ferais, alors? Euh... je crois que j'essayerais de fuir, de fuir à tout prix, comme nous sommes en train de fuir en ce moment, comme eux-mêmes, peut-être, sont en train de fuir. Je dis à Stéphane:

– Tu crois que nous sommes les premiers êtres humains qu'ils rencontrent?

– C'est probable. Si quelqu'un les avait déjà vus, ça se saurait. Quel reportage fantastique! Ça aurait fait le tour du monde!

– Ce n'est pas sûr. Il y a des tas de choses dont on ne parle jamais dans les journaux, surtout si c'est vraiment trop fantastique. Si jamais nous sortons d'ici, je pense plutôt que personne ne nous croira.

– Encore faut-il que nous sortions! dit simplement Stéphane.

Oui. Et c'est mal parti. Si au moins on avait une piste, un indice. Un courant d'air frais qui vienne de l'extérieur, une lueur au fond d'une galerie, une trace. Un signe comme cette pierre gravée par Arne Saknussemm... Curieuse histoire. Je ne crois pas beaucoup à l'existence de ce Saknussemm. C'est un personnage inventé par Jules Verne. Mais là n'est pas le problème, dans le fond. Le mystère, c'est que quelqu'un ait gravé ces signes dans la pierre. Ils ne sont pas apparus là tout seuls. Quelqu'un est donc déjà venu ici. Mais quand? Se peut-il qu'il y soit encore?

– Stéphane?

– Oui.

– Crois-tu que quelqu'un soit déjà venu ici?

– Ça m'étonnerait, répond Stéphane. En

tout cas, le guide là-haut n'en a pas parlé. Et puis, il n'y a aucune trace.

– Si, justement.

Stéphane ne relève pas la remarque, mais son profil s'affaisse un peu plus. Je suis sûr qu'il sait quelque chose à propos de cette pierre. J'ai même une idée assez précise à ce sujet. Je continue :

– Quand nous avons entamé la descente, quand nous avons eu le choix entre les deux galeries, près des éboulis, nous avons pris celle de droite parce que nous y avons trouvé quelque chose. Quelque chose de curieux. Nous avons trouvé une pierre avec des initiales gravées. Les initiales d'Arne Saknussemm! Ce type a donc existé, il est venu ici. Nous ne sommes pas les premiers...

J'observe Stéphane à la dérobée. Il ne bronche toujours pas. Je suis mon idée :

– Seulement, le plus bizarre, c'est que ces traces avaient l'air toutes récentes. Comme une farce destinée aux touristes. Ou à quelqu'un d'autre, parce que les touristes, par ici, ils ne doivent pas passer tous les jours. En fait, voilà ce que je me dis : on aurait voulu nous égarer, on n'aurait pas fait autrement! Tu ne trouves pas?

Stéphane ne répond pas. Il s'agite, il soupire, il se retourne. Et enfin il dit :

– Personne n'a voulu vous égarer, Florian. Je ne voulais rien dire, mais je ne peux plus garder ça pour moi. C'est moi qui ai gravé ces initiales sur la pierre. Je n'ai eu aucune mauvaise intention, pour moi ce n'était qu'une simple farce.

– Perdu sous la terre, tu as quand même envie de faire des farces! je m'exclame brusquement.

– Nous n'étions pas encore sous terre, fait Stéphane. C'est bien avant que j'ai eu cette idée stupide. J'ai gravé ces lettres sur une pierre pour faire une farce à Réda. Je l'ai fait le matin du départ et j'ai fait toute la randonnée avec la pierre cachée dans mon sac. Pendant que vous grimpiez sur la crête, je me suis laissé distancer et je suis descendu en cachette dans la faille. J'ai vu l'entrée d'une grotte et je vous ai appelés. C'est comme ça que tout est arrivé.

Cette petite farce ne pouvait pas tourner plus mal. Dix jeunes enterrés vivants et leur professeur disparu! C'est donc pour ça que Stéphane est d'humeur si sombre, qu'il est si abattu depuis que nous l'avons retrouvé.

– Quand la terre s'est mise à trembler, poursuit-il, j'ai vraiment pensé à tout sauf à cette pierre. C'est plus tard seulement, dans la galerie, que je me suis débarrassé d'elle parce qu'elle pesait trop dans mon sac. Je n'ai même pas pensé un instant que vous pourriez la retrouver. Je pensais que vous étiez tous morts. À cause de moi...

Pauvre Stéphane ! Il est persuadé qu'il est responsable de tout ce qui est arrivé. Depuis des jours et des jours que nous sommes enfermés ici, il porte ce fardeau écrasant sur ses épaules. J'essaie de le rassurer comme je peux. Je lui dis que ce n'est pas lui qui a fait trembler la terre, et que si ça se trouve, nous aurions été complètement écrasés par les éboulements si nous n'avions pas trouvé refuge dans la grotte. En fait, il devrait plutôt se considérer comme notre sauveur. Je lui dis même qu'elle était bien bonne, cette blague, que j'aurais bien voulu voir la tête de Réda...

La tête de Réda, je crois que nous ne sommes pas près de la revoir. Stéphane se tait, à présent, mais il semble tout de même soulagé. Il s'adosse à un rocher et soupire. Cette marche nous a épuisés. Cette conversation aussi. Nous regardons la lampe, qui est tout ce qui nous raccroche encore à la vie.

Le sommeil m'a gagné sans que je m'en rende compte. Quand je me réveille en sursaut, le cœur me manque en constatant que l'obscurité est totale. Où est Stéphane ? Ils l'ont pris! Je me redresse d'un bond. Dans le noir, tout près de moi, il y a un petit point rouge qui brille. Je me penche et je ramasse l'objet. C'est la lampe de Stéphane. Le filament est rouge pâle, mais ne donne plus aucune lumière. Les piles sont épuisées. Puis je perçois un mouvement juste à côté de moi. Eux? Non. C'est Stéphane. Stéphane qui se réveille. Stéphane qui s'était endormi, lui aussi.

– Que se passe-t-il? fait-il tout d'un coup. Pourquoi as-tu éteint?

– Pourquoi j'ai éteint? Mais je n'ai pas éteint. C'est toi qui a laissé cette lampe s'éteindre toute seule. Les piles sont fichues, maintenant.

– Combien de temps avons-nous dormi, alors? demande Stéphane d'une voix inquiète.

– Je ne sais pas. Longtemps, sans doute. Heureusement qu'il nous reste l'autre lampe. Tu, euh... tu n'as vu personne?

– Non, personne, répond Stéphane.

Il sait de qui je parle. Ils ne sont donc pas venus, cette fois. Ou alors ils sont venus et sont repartis sans tenter quoi que ce soit contre nous. Stéphane a sans doute raison. Ils ont peur de nous. Nous pensions les fuir, mais ce sont eux qui nous fuient. Enfin, c'est ce que nous nous disons pour nous rassurer. Avant de partir, je jette un coup d'œil en arrière en espérant apercevoir la lumière de la lampe d'Illana, mais j'ai beau écarquiller les yeux, il n'y a que des ténèbres que rien ne vient rompre. Peut-être qu'ils dorment, eux aussi. Ou alors ils ne sont pas encore arrivés à l'endroit où la grotte s'incurve vers la droite.

De toute façon il n'est pas prévu de les attendre. Nous nous remettons en route avec une angoisse accrue. La lampe ! Nous sentons que le temps est proche maintenant où toutes nos piles seront épuisées, où nous entrerons dans la nuit complète. Combien de temps reste-t-il pour que nous trouvions l'issue de la dernière chance ? Quelques heures, quelques jours ? Nous avançons avec l'énergie du désespoir, et le faisceau lumineux, devant nous, repousse provisoirement vers les profondeurs le mystérieux peuple pâle.

10 TÉNÈBRES

Nous marchons en silence. Le slalom continue entre les crevasses qui s'ouvrent à tout moment devant nos pieds, les rochers qui nous barrent la route, les éboulis impraticables. Cette grotte paraît sans issue. Il nous semble que l'espace de lumière circonscrit par la lampe rétrécit de plus en plus. Les ténèbres gagnent sur nous.

– Nous ne pouvons pas continuer, je dis soudain à Stéphane. Il faut rejoindre les autres avant que nos piles ne soient définitivement mortes.

– Alors c'est sans espoir, dit Stéphane. Nous ne sortirons jamais d'ici!

– Bon! Continuons jusqu'à ce que nous n'en puissions plus, mais après la prochaine pause, si nous n'avons toujours rien trouvé, il faudra revenir.

Stéphane est d'accord. Nous repartons péniblement. Le rond de lumière, devant nous, n'est plus blanc mais jaune. La couleur de la lumière qui meurt... J'ai bien peur que nous ne puissions même pas rejoindre les autres. Il faudrait leur laisser un message, mais nous n'avons pas de papier, ni de crayon, ni de burin pour graver dans la pierre. Nous ne pouvons laisser aucune trace derrière nous. De toute façon, si ça se trouve, les autres n'auront plus de lumière non plus en arrivant ici...

Des heures passent. Je suis exténué. Nous n'arriverons à rien, nous ne trouverons rien. Je m'assieds. La lampe fonctionne encore, mais elle est faible. Si nous nous endormons, nous nous réveillerons dans le noir. Il n'y a qu'une solution : quand nous sommes arrêtés, il faut éteindre. Je frissonne à cette idée, mais il n'y a rien d'autre à faire. Stéphane approuve, éteint sa lampe.

Le noir et le silence nous avalent d'un seul coup. Instinctivement, je cherche la main de Stéphane et je la prends. Il ne la retire pas. Ça me fait drôle de tenir la main d'un garçon. Ça fait un peu bébé, mais personne ne nous voit. D'ailleurs tant pis! le seul contact qui nous reste avec le monde, c'est celui-là! Alors nous nous donnons la main. Comme ça, au moins, l'un ne pourra pas disparaître sans l'autre.

C'est fou ce que nos rapports ont changé, en peu de temps. Avant nous nous disputions souvent. Il y avait des bagarres. Les garçons avaient peu de contacts avec les filles. Chacun dans son monde. En revanche, depuis que nous sommes sous terre, les choses sont différentes. Nous avons découvert que nous ne sommes pas grand-chose les uns sans les autres, et qu'un groupe résiste mieux qu'un individu. Hélas! c'est un peu tard! Ça m'étonnerait que nous ayons l'occasion de profiter de cette expérience.

J'ai senti comme des présences étrangères, pendant la nuit. Enfin! la nuit! Je dis la nuit parce que nous avons dormi, mais ici c'est la nuit perpétuelle. Pendant mon sommeil, donc, j'ai ressenti des impressions bizarres, comme si j'avais été perdu dans une foule, mais, au réveil, il n'y avait personne. Même si nous pensons, raisonnablement, que les êtres des cavernes ne sont ni des vampires ni des ennemis, c'est à la fois exaspérant et terrifiant de se savoir sans défense face à ce peuple invisible durant notre sommeil.

Il faut repartir. Il faut rejoindre les autres. Je sens que Stéphane est réticent. Il est vrai que, où que nous allions, nous allons à notre perte, mais, lui, il voudrait faire une dernière tentative, tandis que je préférerais me retrouver avec les autres.

– Écoute, Florian. Je vais te proposer quelque chose. Les autres ne vont pas tarder à arriver ici. Apparemment, les... les habitants des grottes ont disparu. Tu ne risques donc rien. Moi je vais continuer avec la lampe qui nous reste, et toi... tu vas les attendre ici.

– Quoi! Tu veux que je reste ici tout seul dans ce noir d'enfer! Et si les autres n'arrivaient pas? Et si toi tu ne revenais pas?

– Les autres arriveront, répond Stéphane. Ils ne peuvent pas se perdre, il suffit de longer la paroi de la grotte sans s'en éloigner. Moi, si je ne reviens pas... Eh bien! ça ne changera pas grand-chose!

Il faut une sacrée dose de courage pour parler ainsi. De courage ou d'inconscience. Ou même des deux! Mais c'est vrai que c'est la meilleure solution. Disons plutôt la moins mauvaise. Depuis que nous avons des décisions à prendre sur la direction à suivre ou la façon de procéder, on dirait que seuls les choix les plus détestables s'offrent à nous. Chaque fois, nous n'avons le choix qu'entre le pire et le moins pire. Bon! d'accord! Je reste ici. Stéphane partira tout seul.

Quelques minutes passent. Trop vite! La nuit la plus obscure que j'ai jamais connue tombe sur moi. J'étouffe, j'ai du mal à respirer. Je me suis assis derrière un rocher, à l'abri.

J'entends encore les pas de Stéphane qui s'éloigne, puis plus rien. J'ai l'impression qu'on a refermé sur moi le couvercle de mon cercueil.

Alors commence l'attente, l'horrible attente. Qui arrivera d'abord, qui me trouvera en premier? Illana et les autres, ou bien ces créatures muettes et blanchâtres? Je me demande de quoi elles vivent, dans ces souterrains sans lumière, sans végétation, sans vie. De quoi se nourrissent-elles, dans ce désert obscur? Je repense avec effroi aux vampires, mais, même en admettant que ces êtres sucent le sang de leurs victimes, ils n'ont pas pu nous attendre des siècles, des millénaires, sans se nourrir. Ils ne nous ont pas attendus pour avoir quelque chose à se mettre sous la dent. Il a bien fallu qu'ils survivent.

Le noir est si dense que je ne sais pas si j'ai les yeux ouverts ou fermés, si je dors ou si je suis éveillé. Aucun bruit, pas une silhouette, pas même une odeur. Rien qui me permette de me situer. Me voilà comme sourd et aveugle. Noyé comme ces poissons des grands fonds qui errent lamentablement sous des milliers et des milliers de mètres d'eau noire et froide, attendant d'être mangés par un autre poisson, plus vorace qu'eux.

J'ai dormi, mais j'ai encore sommeil. Il me semble que dans ce monde où le temps ne s'écoule pas comme ailleurs, le sommeil remplace la nourriture. Je n'ai ni faim ni soif, mais mes paupières pèsent des tonnes. Des heures passent, des jours peut-être, durant ce sommeil profond entrecoupé de réveils brefs et vaseux.

Je n'arrive même plus à faire la différence. Veille, rêve, sommeil. Je vois des formes passer comme des nuages devant moi, des formes vaguement luminescentes, lentes et molles. C'est peut-être le début d'un délire dû à l'asphyxie, à l'atmosphère pauvre de ces souterrains où aucun vent n'a jamais pénétré. Je ne bouge pas. Je fais le mort. Ce n'est pas difficile, d'ailleurs. Mort, je le suis! De peur! Parce que ces formes m'entourent et s'approchent de moi.

Je garde un œil entrouvert. Je ne veux pas m'abandonner totalement. Même si l'angoisse me serre la gorge, je veux les voir. Les formes se précisent. On dirait des taches pâles sur le fond charbonneux. De grosses têtes pâles, sans yeux. À la place des yeux, deux taches noires. Deux taches mortes. Le corps de ces êtres est effroyablement maigre, comme un squelette qu'on aurait recouvert à la hâte avec du papier mâché.

Leurs bras sont longs, interminables, secs comme des branches mortes, terminés par d'immenses doigts crochus.

Ils sont tout proches. Ils n'ont pas de mains. Leurs doigts partent directement du poignet. Plus encore que tout le reste c'est ça qui les fait ressembler à des araignées. D'ailleurs ils se déplacent comme elles. Un pas, un autre, puis une immobilité absolue. Lorsqu'ils cessent de bouger, c'est comme s'ils disparaissaient. Ils semblent se fondre dans la pierre. En fait, je crois qu'ils perdent alors leur clarté. C'est le mot juste. Cette faible phosphorescence qui émane d'eux quand ils se déplacent s'évanouit dès qu'ils ne bougent plus. On dirait simplement qu'ils s'éteignent.

Je comprends mieux maintenant le mystère de leurs subites disparitions. Quand ils se sentent en danger, ils doivent simplement s'immobiliser, se pétrifier. Et, paralysés par la peur, ils deviennent aussi invisibles que les poissons-pierres tapis sur un fond rocheux.

Enfin, lorsque plus rien ne les inquiète, ils se remettent en mouvement. Lentement, excessivement lentement. D'abord un bras, puis une jambe. Leur tête bouge à peine. Je la distingue mieux, à présent. Une sorte de nez aplati, hideux, complètement écrasé, couvre une partie du visage. Des narines molles et membraneuses palpitent doucement. On dirait qu'une espèce de lichen monstrueux a poussé sur leur figure plate.

Une grosse tête est penchée au-dessus de moi. Les autres sont tout proches. Leurs longs doigts se posent sur moi. Je les sens à peine, comme si des brindilles m'effleuraient doucement. Je ne bouge toujours pas, je retiens mon souffle, mais mon cœur bat à toute vitesse, je sens le sang battre à mes tempes. Une main me saisit, et une autre. Ils m'attrapent par les bras, par les jambes. Cette fois je ne peux plus me retenir! Je crie, et tout disparaît.

Est-ce que j'ai rêvé? Est-ce que je viens de me réveiller au milieu d'un cauchemar? Je ne sais plus où j'en suis. C'est toute cette histoire qui a l'air d'un mauvais rêve. Je voudrais me réveiller enfin, une fois pour toutes! Me retrouver dans mon lit. J'aimerais avoir des devoirs à faire, aller à l'école... Mais non! je ne me réveille pas! Je suis toujours là, dans le noir. Stéphane avait raison, ce n'est ni un rêve ni un cauchemar, c'est bien pire que ça.

Ce ne sont plus seulement mes membres qui sont lents. Mon cerveau est lent, lui aussi. J'ai du mal à avoir deux idées qui se suivent. J'ai l'impression de me dissoudre dans ce noir absolu, d'être ni tout à fait éveillé, ni tout à fait endormi. Le temps s'écoule comme de la mélasse, visqueux, pâteux. Même l'air que je respire semble épais. La chaleur du rocher contre lequel je suis adossé s'est transmise à mon corps. Je deviens comme les êtres de la caverne, une sorte d'insecte lent et vide. Heureusement, les formes ne sont pas revenues.

Mon sommeil est lourd et agité. Je fais un rêve très pénible : mon corps est balloté dans tous les sens, j'ai des chaînes qui m'enserrent les bras et les jambes. J'ai l'impression d'être roulé en boule dans un cocon suspendu à une branche agitée par le vent. C'est un rêve oppressant, dans lequel je suis une larve que des milliers de fourmis transportent fébrilement au plus profond de leurs galeries, en se passant leur fardeau de pattes en pattes. Le rêve n'est qu'une longue descente dans ce labyrinthe souterrain, une descente sans fin...

J'ai dû bouger pendant que je dormais. Je ne suis plus adossé au rocher. Je suis allongé sur un espace lisse, presque confortable. Je regarde autour de moi. C'est idiot, je ne peux rien voir, évidemment. Stéphane n'est pas revenu. Les autres ne sont pas encore arrivés. J'ai pourtant l'impression que ça fait des jours maintenant que nous sommes séparés. Des semaines, même, depuis que nous sommes arrivés en Islande.

Il y a toutefois quelque chose de bizarre, ici. Quelque chose dans l'air, peut-être? J'écarquille les yeux en pure perte. Il fait toujours aussi noir. L'atmosphère est aussi pesante, le silence aussi lourd. Alors, qu'est-ce qui a changé? Je tâte le sol autour de moi. Il a l'air plus lisse, en effet, mais ce n'est pas seulement ça. Il y a quelque chose dans l'atmosphère, quelque chose qu'il n'y avait pas avant, quelque chose que je connais. Je respire profondément. Bien sûr! C'est une odeur! Une odeur assez familière, même. Ça sent le tabac. Quelqu'un a fumé, ici. Il y a ici quelqu'un qui fume!

Je me redresse. En prenant appui sur le sol, je pose la main sur un objet mou. C'est mon sac. J'ai dû m'en débarrasser sans m'en rendre compte, en dormant. Ou bien...? Ce sol lisse... Cette odeur de tabac... J'ai l'impression que je ne suis plus au même endroit, mais je ne marche tout de même pas en dormant! Il m'est arrivé la même chose qu'à Jason. Ils m'ont emmené! Ils m'ont pris avec eux, et cette fois ils n'ont pas lâché prise. Mais alors où suis-je, maintenant? Et qui fume?

Il me semble avoir entendu un léger bruit,

comme un raclement sur le sol. Appeler? Si c'était quelqu'un, je verrais de la lumière. Le bruit venait du côté droit. Lentement, avec d'infinies précautions, je me mets à quatre pattes, et je décide d'aller voir. J'avance comme j'ai vu avancer ces monstres, un bras, une jambe à la fois, très doucement. À chaque pas, je tends la main et je tâte le sol pour vérifier qu'un gouffre ne se trouve pas là, juste sous mon nez. Je progresse centimètre par centimètre.

Le bruit n'a pas recommencé, mais j'avance au jugé, en tâtonnant toujours. J'arrive ensuite à un gros rocher, assez rugueux, qui monte en pente douce. Je m'agrippe aux saillies et je grimpe, en retenant mon souffle, avec une lenteur de tortue. Enfin, je sens que la pente s'atténue. Je suis sur une sorte de plate-forme. Je dresse la tête et je scrute l'obscurité. Un petit point rouge s'allume soudain, à quelques mètres de moi. J'entrevois une silhouette allongée sur le sol, et le point rouge s'éteint. Puis j'entends un souffle, et de nouveau l'odeur de tabac arrive jusqu'à moi. Je murmure:

– Réda?

Pas de réponse. J'essaie plus fort:

– Réda?

– Qui est là? répond cette fois une voix faible mais que je reconnais immédiatement.

– Réda, c'est moi! Florian!

J'entends alors un frottement, comme s'il essayait de se déplacer avec difficulté. Puis il y a un déclic et une faible lueur illumine la grotte. Au bout de son bras tendu, Réda tient un briquet. Je distingue sa silhouette, allongée par terre, en appui sur un coude. De mon rocher, je peux descendre jusqu'à lui par une pente douce. Rapidement, je me laisse glisser. À peine suis-je arrivé en bas que la flamme du briquet s'éteint.

– Je ne peux pas laisser allumé, explique Réda. Je n'ai presque plus de gaz. Où sont les autres? Es-tu seul?

– Oui. Enfin, non. Les autres ne sont pas encore arrivés, et Stéphane est parti devant.

– Mais comment es-tu arrivé jusqu'ici tout seul, sans lumière? interroge Réda.

Il faut que je lui raconte tout depuis le début. L'écroulement au fond de la faille, la grotte, ma chute dans le puits, la rencontre avec Caroline, avec Jason. Les retrouvailles avec les autres, puis avec Stéphane. Notre descente dans cette salle immense où nous avons dû nous séparer pour chercher une issue. Mon récit est très long car je raconte tout : les éboulements successifs, les choix douloureux à faire, l'accident de Jason, la chaleur, le déses-

poir. Je m'aperçois alors qu'à aucun moment je n'ai parlé des créatures de la caverne. Pourquoi? Je ne sais pas. L'idée confuse, peut-être, qu'un adulte me rira au nez si je lui raconte une histoire pareille.

Réda m'écoute attentivement. À intervalle régulier, le petit point rouge de sa cigarette s'allume et grésille. J'entrevois alors sa silhouette, toujours allongée sur le sol, un bras replié sous sa tête en guise d'oreiller. Il n'a fait aucun commentaire pendant mon récit, mais j'ai l'impression qu'il n'est pas satisfait de mon histoire. À la lueur de sa cigarette, il me semble que son expression est plutôt soucieuse. Il aspire une dernière bouffée de fumée, puis il éteint sa cigarette.

– C'était la dernière, dit-il.

– Mais non! je lui dis, surpris de ma propre assurance. Tout n'est pas encore perdu!

– Je voulais dire que je n'ai plus de tabac, fait Réda d'un ton funèbre.

Il me demande, en cherchant un peu ses mots, si nous n'avons rien rencontré de particulier dans les galeries. Sa voix est hésitante. Je devine à quoi il fait allusion. Il n'a pas demandé si nous avions remarqué quelque chose, mais bien si nous avions rencontré quelque chose. Il ne fait pas allusion à des sauveteurs éventuels, il l'aurait dit clairement. Il n'y a pas de doute, c'est bien d'eux qu'il parle. Après avoir tourné la tête dans tous les sens, inquiet, je murmure :

– Alors tu les as donc vus, toi aussi.

– Bien sûr que je les ai vus ! répond Réda. Ils sont là, tout autour de nous !

11

LE PEUPLE PÂLE

Mais qui sont-ils donc, à la fin? D'où vient cette peuplade inconnue? Sont-ils des hommes, des bêtes, des mutants, des extraterrestres? Réda est également notre prof de biologie, il devrait savoir. Et lui-même, comment est-il arrivé là? Trop de questions se bousculent dans ma tête, je ne sais pas par où commencer.

Quoi qu'il en soit, je suis content de l'avoir retrouvé. Maintenant tout devient possible. C'est un adulte, il n'a pas peur, il sait ce qu'il faut faire. Il va nous sortir de là! Je lui demande:

– Où sommes-nous, exactement?

– Je n'en ai aucune idée, répond-il. Je ne sais même pas comment je suis arrivé ici! Mais je suis content que vous soyez tous sains et saufs.

– Comment allons-nous nous en sortir? Quel est ton plan?

– Mon plan? fait Réda, mais je n'ai pas de

plan. Je ne savais même pas que vous vous en étiez tirés. Je vous croyais tous écrasés sous les éboulis.

Incroyable! Il ne sait pas! Qu'allons-nous devenir? Comme je lui demande s'il a trouvé au moins une galerie qui sorte d'ici, qui remonte à la surface, il allume simplement son briquet et il me montre sa jambe. Il m'explique. Quand il est arrivé sur nous, tout au début, les rochers menaçaient de l'écraser. Il s'est jeté *in extremis* dans la grotte où il nous avait vus disparaître, en nous criant de nous mettre à l'abri. À l'intérieur, il n'a vu personne. Il faisait trop noir et il y avait beaucoup de poussière. Il a couru, mais il est tombé dans une crevasse qui s'est ouverte sous lui.

– Alors si ça se trouve, tu es tombé juste à côté de moi et de Caroline!

– Je ne pense pas, fait Réda. C'était un long boyau, très étroit, et j'ai glissé assez longtemps sur les rochers. En bas, je me suis aperçu en tâtonnant qu'il y avait une sorte de galerie qui remontait. Je l'ai suivie, mais dans le noir ce n'était pas facile.

– Tu n'avais pas de lampe?

– Non. Quand j'ai couru pour vous rattraper, en haut, j'avais laissé mon sac sur la crête pour ne pas être gêné.

– Alors, depuis le début, tu es là sans lumière?

– J'avais mon briquet, dit Réda.

Ensuite, il a suivi cette galerie en allumant son briquet de temps à autre pour se diriger. Cependant, avec cet éclairage de fortune, il prenait de gros risques, et ce qui devait arriver arriva. Il n'a pas vu un puits béant devant lui et il y est tombé, mais cette fois, il n'a pas eu de chance. Il s'est brisé la cheville en arrivant au fond et il a été incapable de se relever.

– Comment t'es-tu retrouvé ici, alors? je demande. Nous ne sommes pas au fond d'un puits, ici.

– Non! au contraire, cette salle est gigantesque. Mais je n'y suis pas arrivé tout seul. On m'a amené ici. Comme toi, d'ailleurs, j'imagine.

C'est donc ça! Voilà pourquoi je ne reconnaissais pas le sol sur lequel j'étais allongé. Mais alors, les autres ne nous retrouveront jamais. Ni Illana ni Stéphane. Ils vont suivre le bord de la grotte, ils passeront par l'endroit où Stéphane et moi nous sommes séparés sans même se rendre compte que j'ai été enlevé. Et même si maintenant je pouvais aider Réda à marcher, quelle direction prendre? Ces créatures nous tiennent entre leurs griffes.

– Tu crois que ce sont des vampires? je demande soudain à Réda, en reprenant ma vieille obsession.

– Non, répond-il. Ils sont complètement inoffensifs. Ils ne sont pas très jolis, mais ils ne feraient pas de mal à une mouche.

– Je ne comprends pas, alors. S'ils ne nous veulent pas de mal, s'ils ne nous veulent rien, pourquoi est-ce qu'ils s'échinent à nous transporter ainsi d'un coin à l'autre? Ils ont fait la même chose avec Jason.

– Je ne sais pas, dit Réda. Je n'ai pas encore compris leurs motivations. Depuis qu'ils m'ont transporté ici, ils n'ont rien tenté contre moi. Je sais qu'ils sont là, je les vois, je les entends même, parfois, bien qu'ils soient extrêmement silencieux.

Quel peuple incompréhensible! Réda m'explique qu'il a eu tout le loisir de les observer. Pour lui, il s'agit bien d'une espèce d'hommes, mais totalement adaptée à ce milieu souterrain. Leur peau émet effectivement une faible lueur quand ils se déplacent, comme si l'effort fourni provoquait une sorte de radiation très faible. C'est ce qui permet de les apercevoir de temps à autre, mais le moindre bruit les effraie. Ils se recroquevillent alors par terre et ils redeviennent ternes. Ils se confondent avec leur environnement et on pourrait presque marcher sur eux sans s'en rendre compte.

Leur maigreur est effrayante. Bien qu'ils aient approximativement la taille d'un adolescent, Réda pense qu'ils ne doivent guère peser plus de quinze ou vingt kilos. Avec leurs doigts qui ressemblent à ceux des lémuriens, ils n'ont aucun mal à se déplacer sur des surfaces verticales. Ils se guident comme les prédateurs nocturnes, principalement au son.

– De quoi vivent-ils? Il n'y a rien à manger ici. Il n'y a aucune vie.

– Il y en a, répond Réda, mais tu ne la vois pas. Eux, ils savent la détecter. Ils se servent de leur odorat, aussi. Même dans les gouffres les plus profonds on trouve des organismes vivants. J'imagine qu'ils cherchent et qu'ils trouvent des insectes ou d'autres arthropodes minuscules. Tu sais, c'est très nourrissant, les insectes.

Je fais la grimace. Pas étonnant qu'ils soient si maigres! C'est vrai aussi qu'ils ont peu de besoins. Réda m'explique qu'il a remarqué que, à cette profondeur, toutes les fonctions de l'organisme semblent ralenties. Les gestes de ces êtres sont extrêmement lents, et leur rythme de vie est tout aussi lent. Peut-être parce qu'il y a peu d'oxygène dans ce milieu où l'air ne se renouvelle pas facilement. Avec la chaleur ambiante, ils ne dépensent que très peu d'énergie, ils ont peu de besoins et ils dorment énormément. Ils vivent probablement très vieux, comme les tortues. Mais d'où viennent-ils?

– Ils sont certainement là depuis très longtemps, dit Réda. Ce sont probablement les premiers habitants de l'Islande. Peut-être même qu'ils vivaient autrefois à la surface, mais ils n'avaient pas d'ennemis, donc très peu de défenses. Lorsque les Vikings ont débarqué en Islande et qu'ils l'ont colonisée, ces créatures n'ont plus eu qu'à disparaître, comme la plupart des peuples autochtones. Disparaître complètement, ou disparaître dans les profondeurs de la terre. C'est ce dernier choix qu'ils ont fait. Ils se sont alors adaptés à ce milieu, et ils sont devenus ces créatures aveugles et pitoyables.

Réda ajoute qu'il y a des légendes qui font état de peuples semblables. En Irlande, on dit que les premiers habitants de l'île, les Fomoires, ont disparu sous la terre quand les Gaëls sont arrivés, et qu'ils continuent d'y vivre dans le secret. Ces êtres pâles sont sans doute eux aussi les descendants de ce peuple primordial de l'Islande. Grâce à la chaleur permanente qui règne dans le sous-sol de cette île volcanique, ils ont pu se perpétuer jusqu'à aujourd'hui malgré les rigueurs du climat extérieur.

C'est stupéfiant. Comment des êtres semblables ont-ils pu survivre pendant autant de siècles sans être découverts? À une époque où l'homme va fouiller jusqu'au sol de la Lune ou de Mars, où il n'y a plus un espace vierge sur la planète, où l'on va chercher du pétrole à des milliers de mètres sous la terre, comment ont-ils pu échapper à la curiosité humaine?

– Ils sont très discrets, dit Réda, et surtout ils ont peur. Le bruit les effraie, la lumière les blesse, elle les brûle. Même si l'homme éventre la terre depuis des siècles pour trouver du charbon, du pétrole ou des minerais, il fait tellement de bruit que ces êtres cavernicoles ont fui bien avant que les perforatrices ou les excavateurs ne soient parvenus jusqu'à eux. Les spéléologues, de leur côté, ont des lampes, des instruments, des pics, des marteaux. Ils font du bruit, de la lumière. Plus ils avancent, plus ils font reculer autour d'eux ce peuple craintif. Il fallait vraiment des circonstances extraordinaires comme celles-ci pour pouvoir les rencontrer.

J'aurais préféré qu'elles «tombent» sur quelqu'un d'autre, ces circonstances extra-ordinaires. D'autant plus que ce que vient de dire Réda éveille soudain mes soupçons. Puisque, malgré leurs précautions, ils ont été découverts, leur intérêt n'est-il pas de nous supprimer? D'éviter que nous ne retournions là-haut pour dévoiler leur existence et la mettre ainsi en péril? C'est peut-être pour ça qu'ils nous déplacent ainsi. En fait, ils nous séparent les uns des autres, ils nous isolent. Ils n'osent pas nous tuer carrément, mais ils écartent toutes les chances que nous revoyions un jour la surface.

J'irais même plus loin. Cet éboulement qui nous a coupé la route du retour, et qui nous a finalement contraints à redescendre dans cette salle monumentale, était-ce vraiment un acci-dent? Le peuple pâle, cerné, menacé, ne l'a-t-il pas provoqué lui-même afin de nous enle-ver toute possibilité d'évasion? L'immense soulagement que j'ai éprouvé en retrouvant Réda s'estompe. De nouveau l'angoisse s'ins-talle, le sentiment que ma vie va se terminer ici, loin de tout, loin de ma famille, loin du monde.

Je n'arrive pas à savoir ce qu'en pense Réda. Toute ma confiance en lui vient de disparaître. Loin de pouvoir nous aider, il semble qu'il soit aussi impuissant que nous. Évidemment, lui, c'est un prof. Il doit trouver intéressant d'avoir découvert un peuple inconnu, une espèce nouvelle. Non mais qu'est-ce qu'il croit? Qu'il aura son nom dans les journaux, qu'il va faire des conférences, qu'il va écrire un best-seller? Il rêve! Il va crever comme nous tous, perdu, seul, sans jamais revoir le jour!

Je voudrais revoir le soleil, le ciel, les oiseaux. Même la pluie me ferait plaisir, même l'école, même mes problèmes de maths. Voir une tempête, voir des voitures, voir les caissières d'un supermarché... Voir mes parents, bien entendu, et mon frère, avec qui je me dispute pourtant tout le temps. Je pense soudain à eux. Leur angoisse est sans doute encore plus profonde que la mienne, parce que moi, au moins, je sais où ils sont. Ils sont probablement là-haut, à quelques dizaines de mètres au-dessus de ma tête. Ils ont fait le voyage, j'en suis sûr, pour venir me chercher. Ils doivent arpenter inlassablement les pentes du Sneffels, frappant du pied en espérant que je les entende...

Dire que je vais mourir si près d'eux, sans même les revoir! Les larmes me montent aux yeux en un flot irrépressible. J'éclate en sanglots. Alors je sens la main de Réda sur mon épaule. Je veux me dégager mais il insiste, et je me laisse aller contre lui. Je m'abandonne complètement. Il me prend dans ses bras et me serre, jusqu'à ce que je me sois vidé de toutes mes larmes. Enfin il dit :

– Ne t'inquiète pas! Nous trouverons la sortie! Ici, avec quelques biscuits, on peut tenir des jours et des jours. Il suffit de faire comme eux : aucun geste brusque, aucun effort violent. Nous allons partir d'ici.

– Mais, et ta jambe?

– Puisque tu es là, tu vas m'aider, dit Réda. Et puisque tu es là, je n'ai plus aucune raison de me lamenter sur mon sort. Je te promets que nous sortirons d'ici!

Je ne sais pas s'il y croit vraiment, mais j'ai senti une certaine détermination dans sa voix. Comment va-t-il s'y prendre, je ne sais pas, mais je sais qu'il va essayer.

– Voyons! dit-il. S'ils nous ont transportés ici, il y a bien une raison. Ils sont frêles, je ne pense pas qu'ils soient très forts. Me porter a dû être pour eux un travail de titan. Ils ne l'ont pas fait dans le seul but de s'amuser. Et puis, si leur but était plutôt de nous isoler, ils ne t'auraient pas amené jusqu'à moi. Il faudrait savoir pourquoi ils ont agi ainsi. Il faudrait pouvoir communiquer avec eux.

Communiquer avec eux? Ils ne parlent pas! Et si la lumière et le bruit les font fuir, comment pourrons-nous nous approcher d'eux, comment pourrons-nous leur montrer quelles sont nos intentions? Réda réfléchit. Derrière son calme apparent, je le sens assez nerveux. Sa respiration est saccadée, il agite sans cesse son pied valide.

– Si au moins j'avais une cigarette! grommelle-t-il.

Je l'entends fouiller dans ses poches sans succès. Je me souviens qu'il me reste des chewing-gums dans les miennes. Je lui en propose un. Il accepte, et il semble se détendre un peu.

– Écoute, me dit-il au bout d'un long moment. Je ne vois qu'un moyen. Ils sont aveugles, nous ne pouvons donc utiliser aucun langage de signes, et notre voix leur fait peur. Tu m'as raconté que quand Stéphane en a attrapé un, il a poussé un couinement qu'il a identifié comme un cri de frayeur ou de douleur?

– Oui, c'est ce que Stéphane a dit.

– Alors laisse-moi faire! Je vais essayer d'attirer leur attention avec un bruit similaire, mais surtout, surtout, il ne faudra absolument pas bouger. Garde les yeux fermés si leur vue te gêne ou te fait peur. Fais-moi confiance!

D'accord! Je lui donne quand même la main, parce que je ne tiens pas à disparaître une nouvelle fois. Réda se tait pendant un long moment puis, au milieu du silence, il émet un petit couinement aigu, exactement comme le couinement d'une souris. Alors commence l'attente. Une attente interminable, une attente mortelle! Réda serre toujours mes doigts dans sa main, mais il est totalement immobile. Je ne l'entends même pas respirer.

Enfin il me semble entendre de vagues frottements sur les rochers, à une distance que je ne parviens pas à évaluer. Réda serre ma main plus fort. Il émet un nouveau couinement, plus faible, un peu tremblant. Un couinement de détresse, une plainte fluette qui exprime le plus grand désespoir. Le silence s'installe de nouveau.

Soudain il y a une réponse. Tout près, un petit cri similaire se fait entendre, un cri qui exprime cependant moins la souffrance que la curiosité. Les frottements reprennent. Je n'ose pas ouvrir les yeux. La situation est tendue et fragile comme une bulle de savon. J'ai peur de tout faire échouer d'un simple mouvement de paupière.

Que se passe-t-il maintenant? Je sens qu'ils sont là, tout près de nous. Je sens la pression de leurs doigts sur mes jambes. Je ne comprends pas comment Réda espère communiquer avec eux. J'entends maintenant de petits bruits. Des sifflements, un peu comme des sifflements de serpents, mais moins aigus, plus doux. Un conciliabule d'oiseaux enroués.

Ma curiosité est trop forte. J'entrouvre lentement les paupières. Après tout, s'ils sont aveugles, ils ne s'apercevront de rien. Dans l'obscurité j'entrevois les formes pâles qui nous entourent. L'une d'elles est presque sur Réda. Je distingue mal ce qu'ils font. Puis la forme se déplace un peu, elle passe de l'autre côté de Réda, et là, en ombre chinoise sur son corps décharné et blême, je vois l'avant-bras de Réda, vertical, et son index pointé vers le plafond. Et puis, de nouveau, presque imperceptible cette fois, son gémissement de détresse.

Ont-ils compris? Peuvent-ils comprendre? Ils tâtent prudemment le doigt levé de Réda, l'effleurent de leurs doigts longilignes en balançant lentement la tête. Leurs narines frémissent comme des feuilles sous un vent léger, leurs lèvres dures comme des becs d'oiseau remuent doucement. Comprennent-ils ce que nous attendons d'eux? Hélas! Je les vois maintenant s'éloigner comme des fantômes, puis disparaître.

Tout est perdu! Je secoue discrètement la main de Réda. Il ne bouge pas. Il ne s'est pas endormi, tout de même! Non. J'entends sa voix. Un murmure presque inaudible :

– Ne bouge pas encore. Attends un peu. Ne les effraie pas.

– Mais ils sont partis, lui dis-je en chuchotant également.

– Pas tout à fait! Attends encore!

Là, je ne comprends plus. Qu'est-ce qu'il attend? Qu'une étoile s'allume au plafond de la grotte pour nous indiquer le chemin? Qu'un ange passe avec une trompette? Qu'un agent de police nous fasse signe d'avancer? Ou alors il n'attend rien. Il ne veut peut-être pas avouer qu'il est perdu, lui aussi, et qu'il ne sait pas quoi faire. On ne peut vraiment pas faire confiance aux adultes!

Réda m'explique qu'il leur a fait le geste d'aller vers le haut. Ils ont longtemps palpé son doigt, et ils ont dû comprendre que nous voulions qu'ils nous indiquent un chemin vers l'extérieur. À présent, il attend un signal, une indication sur la direction à prendre. En prenant appui d'un côté sur le rocher et de l'autre sur mon épaule, il réussit à se lever. Il scrute alors les ténèbres, dans tous les sens, dans l'attente du signal du peuple pâle.

Les adultes sont naïfs, parfois. Si ces créatures avaient eu l'intention de nous aiguiller vers la sortie, pourquoi nous auraient-elles transportés jusqu'ici ? Elles sont venues par curiosité, voilà tout, et elles sont reparties parce qu'un doigt pointé vers le plafond, c'est un spectacle qui n'a pas dû les tenir en haleine très longtemps. Nous en sommes donc au même point. J'en suis là dans mes réflexions lorsque Réda me serre l'épaule en disant :

– Attention ! Ils reviennent ! Assieds-toi et ne bouge plus.

Je fais ce qu'il dit. Il s'assied également, et nous restons immobiles comme des statues. Effectivement, au bout d'un certain temps, nous apercevons des formes pâles qui convergent lentement vers nous. Je remarque que cette fois elles viennent toutes de la même direction. Je le signale à Réda, qui aussitôt essaie de matérialiser cette direction sur le sol en y alignant les cailloux qu'il trouve à portée de sa main.

De nouveau, les voici près de nous. Je les observe maintenant sans peur, mais tout de même avec un peu de méfiance. Enfin, le plus proche de nous se tourne vers moi, et il me tend le bras. Que veut-il ? M'entraîner avec lui ? Me donner la main et me conduire vers la liberté? Et pourquoi moi? Peut-être que la stature de Réda les intimide davantage.

Réda est tout près de moi. Mon coude touche le sien. En cas de danger, il me protégera. Et puis, il suffit de crier pour les mettre en fuite, ces larves.

La main est toujours tendue, immobile. Je la devine plus que je ne la vois, car maintenant ils sont redevenus presque noirs. Alors je tends la main à mon tour, doucement. Ma main est ouverte, en signe de paix, la paume tournée vers le haut. Je retiens mon souffle. J'avance encore. Nos mains vont se rencontrer, elles vont se toucher. L'être pâle lève légèrement le bras, puis il desserre les doigts.

Et soudain dans ma main je sens une chose froide et visqueuse! Une chose qui se met à se tortiller dans tous les sens. Je pousse un hurlement de terreur et je laisse la chose s'échapper à mes pieds.

12

L'EAU

Mon cri a résonné longuement sous la voûte. Lorsqu'enfin le silence revient, il y a longtemps que l'obscurité est retombée sur nous. Réda semble aussi affolé que moi.

– Que s'est-il passé? dit-il. Pourquoi as-tu crié?

Je ne peux pas répondre. Je suis encore tout tremblant, mon cœur bat la chamade. J'ai encore dans la main la sensation répugnante de cette chose froide et vivante qui est tombée dedans. Je finis tout de même par me calmer. Avec beaucoup de mal, j'essaie de décrire à Réda ce qui s'est passé. Il allume son briquet. Péniblement, il met un genou en terre et il promène la flamme à cinquante centimètres du sol.

– Ce quelque chose qu'ils t'ont mis dans la main, dit-il, tu n'as aucune idée de ce que ça peut être?

– Non. Une horreur! c'est tout ce que je

peux dire! Je l'ai lâchée aussitôt. C'était froid, c'était mou. Et c'était vivant!

– Bon! fait Réda. On devrait pouvoir la retrouver, alors, cette fameuse chose.

On ne distingue pratiquement rien par terre, avec cette lumière faible et vacillante. Le sol est assez inégal, les cailloux projettent une ombre tremblotante. Réda déplace la flamme lentement, méthodiquement. Soudain son bras s'arrête, et je l'entends pousser un «ah» de satisfaction. Il se penche et tend le bras pour ramasser quelque chose.

– Tiens! le voilà, ton monstre! fait-il avec une pointe d'ironie que je trouve un peu déplacée.

Il me tend alors un objet blanchâtre, posé dans sa main ouverte. Un poisson! Une sorte de ver, plutôt. Une larve blême et aveugle, avec deux petits plumeaux rouge sang à une extrémité.

– Ni un poisson ni un ver, dit Réda. C'est un protée. Classe des batraciens, ordre des urodèles. C'est une bestiole bizarre, exclusivement cavernicole.

– Et c'est vivant? fais-je avec dégoût.

– Évidemment! répond Réda. Cet animal ne change pas vraiment à l'âge adulte. Il reste une larve toute sa vie.

– Mais qu'est-ce qu'il fait là ?

– C'est justement ce qui est curieux, dit Réda. Ce qu'il fait là ? Rien, sans doute. Il mène sa vie de protée, voilà tout ! Mais là où ça devient intéressant, c'est que le protée est un animal aquatique. Ce qui veut dire que s'il est arrivé ici vivant, c'est qu'il y a de l'eau pas loin.

De l'eau ? Je repense au *Voyage au centre de la Terre*. Est-ce que, après ce peuple des profondeurs, nous allons découvrir un océan infesté de dinosaures marins, de fossiles vivants, de monstres antédiluviens ? J'examine le protée que Réda tient toujours dans sa main, sous la flamme de son briquet.

Étrange animal. Réda m'explique qu'il ne naît pas aveugle. À la naissance, il possède deux cristallins, mais après trois mois ces yeux d'une petitesse inhabituelle s'enfoncent dans les tissus. La cornée redevient une peau normale et l'œil disparaît. Il vit dans les cours d'eau souterrains ou les mares des grottes. Il ne voit jamais le jour, sinon il mourrait. Sa peau n'est pas vraiment blanche, elle est incolore, mais si on l'expose brusquement à la lumière, elle se couvre de taches et le protée peut mourir rapidement.

Le portrait craché du peuple pâle. Hommes-araignées, hommes-protées. Que leur arriverait-il s'ils remontaient à la surface? Peut-être qu'ils bruniraient, en se tordant de douleur, et qu'ils mourraient en se racornissant comme un morceau de carton qu'on jette au feu?

À présent, je me demande ce que signifie leur geste. Est-ce un avertissement, une menace? Réda ne le croit pas. Selon lui, il s'agit plutôt d'une méprise. Il suppose qu'ils ont cru que nous avions faim, tout simplement, et ils nous ont apporté de quoi manger. Évidemment, ils n'allaient pas nous apporter des pizzas ou des hamburgers! Alors ils sont allés chercher ce qui doit composer leur ordinaire.

Cependant, en faisant cela, ils nous ont peut-être aidés sans le savoir. Réda ne croit pas possible qu'il y ait ici un cours d'eau. Nous sommes dans un volcan, pas dans un ensemble de grottes calcaires. Il doit pourtant y avoir au moins une mare, ou un petit lac souterrain. Or, si cette eau recèle des protées, et peut-être d'autres animaux, elle est probablement alimentée par les pluies. L'eau entre donc ici, et doit bien ressortir quelque part, sinon nous serions noyés depuis longtemps.

Rien ne dit que nous pourrons passer là où l'eau passe, mais c'est la seule chance qui s'offre à nous et il ne faut pas la négliger. Réda se redresse péniblement, en prenant appui sur moi. Il a eu la présence d'esprit de matérialiser par un alignement de cailloux la direction d'où les créatures souterraines sont venues. Le plus dur reste maintenant à faire : suivre cette direction, dans le noir, sans se perdre.

– Voilà ce que nous allons faire, dit Réda. Il est hors de question que je marche en m'appuyant sur toi, ce serait trop pénible, et nous n'y arriverons jamais. Tu vas prendre mon briquet et tu marcheras devant, dans la direction que je vais t'indiquer. Ensuite, je me dirigerai vers toi à quatre pattes – ou plutôt à trois pattes – et, afin d'économiser le gaz, tu me guideras avec ta voix.

– Mais nous perdrons la direction dès que tu m'auras rejoint, je lui fais remarquer.

– Non, répond Réda. Quand tu seras arrivé à la première étape, tu feras un alignement de pierres, comme je l'ai fait ici. Tu le dirigeras simplement vers moi et, de cette façon, nous progresserons en ligne droite.

Astucieux ! Aussitôt dit, aussitôt fait. Réda allume son briquet et retrouve rapidement son alignement de cailloux. Il me remet alors le briquet et me pousse dans la direction indiquée. Je pars prudemment, en examinant le sol tourmenté pour éviter les trous. De temps en temps, j'entends Réda me crier de modifier un peu ma direction quand je m'écarte trop. Enfin, après une marche longue et laborieuse, j'entends sa voix, faible maintenant, me dire de m'arrêter.

Il m'indique qu'il se met en marche. Je lui réponds que je vais l'appeler régulièrement pour qu'il ne perde pas son chemin, et je lui signale que je n'ai rencontré aucune crevasse sur le trajet. Ensuite, je me mets à chercher des cailloux en nombre suffisant, et je les aligne sur le sol, dans la direction d'où vient sa voix.

Je n'ai qu'une peur, c'est de m'endormir avant que Réda n'arrive, et qu'il se perde, lui aussi, ou que les êtres pâles se mettent en tête de me transporter ailleurs. Je ne suis pas prêt à me retrouver seul une fois de plus. Soudain, Réda m'appelle :

– Florian, où es-tu ? Pourquoi as-tu cessé d'appeler ?

– Par ici, par ici ! Je crois que... que je commençais à m'endormir...

– Tiens bon, dit Réda. Tu pourras dormir et te reposer quand j'arriverai auprès de toi. De toute façon, ils ne sont pas restés absents très longtemps, quand ils sont allés chercher ce protée. L'eau doit être toute proche.

N'empêche ! Avec une cheville cassée et

presque sans lumière, nous n'y sommes pas encore. Dire qu'il y a des gens qui font de la spéléologie pour le plaisir! Ils sont équipés, eux, ils ont des lampes, et on ne leur donne pas des larves de crapauds à manger! Pour ne pas m'endormir, machinalement, je me mets à frapper sur le rocher avec une pierre. Pour Réda, ce sera un peu comme une balise sonore.

Enfin Réda arrive, essoufflé. J'allume le briquet. Son visage est défiguré par la douleur.

– Écoute, dit-il, je suis fourbu. Il faut absolument nous reposer. Je ne crois pas que nos hôtes tentent quoi que ce soit. Il n'y a pas de danger. Dormons.

Ma tension se relâche brusquement. Je me roule en boule et je m'endors aussitôt. Je dors d'un sommeil sans rêves. L'habitude, peut-être. J'ai pris le rythme des profondeurs. Au réveil, je n'ai pas l'impression d'avoir changé de place. D'ailleurs Réda est là, tout près de moi. Je le réveille en le secouant légèrement. Nous buvons une gorgée d'eau, nous grignotons quelques chips et nous repartons.

Je compte au moins trois étapes de ce genre avant de me trouver bloqué. J'élève le briquet pour faire le plus de lumière possible, mais il n'y a pas de doute : la grotte s'arrête là. La paroi est verticale, presque lisse, sans ouverture. J'appelle Réda, puis je m'assieds et je l'attends. Le moins qu'on puisse dire, c'est que jusqu'ici ses méthodes n'ont pas donné grand-chose.

Je le vois arriver au bout d'un moment, il traîne la patte. C'est vrai qu'il doit souffrir le martyre. Tout à ma propre angoisse, je ne m'étais pas encore posé la question. Péniblement, il s'installe sur un rocher et il soupire longuement. Tout autant que la douleur, je sens que le manque de cigarette le torture.

– Alors? je lui fais en guise d'accueil.

– Alors quoi! grogne-t-il. Laisse-moi récupérer une seconde!

– Qu'est-ce qu'on va faire, maintenant? Nous ne sommes pas plus avancés qu'avant. Il n'y a pas d'eau, ici.

Je sens que Réda doit faire un effort pour ne pas m'envoyer au diable. Je l'entends fouiller ses poches nerveusement, mais c'est sans espoir. Il y a longtemps qu'il l'a fumée, sa dernière cigarette. Je me rends compte que ce n'est pas en faisant la tête que nous arriverons à quelque chose. Je cherche dans mes propres poches, et je lui offre un autre chewing-gum.

– Merci, dit-il. Bon! L'eau ne doit pas être très loin! Le tout, c'est de savoir si c'est vers la droite ou vers la gauche. Ma méthode d'orientation présentait beaucoup d'incertitude, mais globalement nous avons dû aller dans la bonne direction. Maintenant c'est à toi de jouer. Tu vas garder mon briquet et suivre la paroi jusqu'à ce que tu arrives à... à quelque chose qui ressemble à de l'eau.

J'essaie de réfléchir un peu. À droite, à gauche? Je n'ai aucun élément qui me permette d'en décider, mais je me souviens que ce dilemme s'est déjà posé à nous quand, en descendant des galeries supérieures, nous sommes arrivés pour la première fois dans cette immense salle.

Nous avions choisi la droite, sur les indications de Stéphane. La droite en tournant le dos au mur. Alors je me dis que le mieux, cette fois, c'est peut-être de partir dans le sens opposé. Je n'ai aucune idée de ce qu'a été mon trajet depuis que je suis séparé de Stéphane mais, avec un peu de chance, je le croiserai peut-être, lui ou les autres.

C'est décidé. Je pars donc vers la gauche. J'allume le briquet de façon intermittente, pour ne pas risquer de me retrouver définitivement sans lumière. Le sol par ici a l'air plus régulier. Peu de rochers, peu de crevasses. Toutes proportions gardées, je progresse assez rapidement. J'entends Réda me souhaiter bonne chance. Sa voix est déjà faible, lointaine. Je m'enfonce dans le silence.

Il y a longtemps que le peuple pâle n'a pas donné signe de vie. Définitivement effrayé? Ou bien, devant notre détermination à nous échapper, mijote-t-il quelque nouveau piège? Je ne reste jamais trop longtemps dans le noir. Même lorsque je m'arrête pour me reposer, j'allume la flamme de temps en temps, juste ce qu'il faut pour les éloigner.

Le bruit de mes pas résonne autour de moi. Si ça se trouve, cela suffit à les tenir à distance. Je n'ai toujours pas compris si le son porte très loin ou non, dans les grottes. D'après mon expérience, on perd assez vite le contact auditif, ici. L'ouïe du peuple pâle, adapté à ce milieu, doit être incomparablement plus fine que la nôtre. Ils m'entendent certainement bien avant que je ne les entende.

Je suis fatigué. Je m'assieds pour reprendre mon souffle et réfléchir un peu. Jusqu'ici la paroi, sur ma gauche, n'a rien offert de particulier. Je me demande si je ne devrais pas rebrousser chemin et tenter une exploration dans l'autre sens. En outre, je n'aime franchement pas l'idée d'être seul ici. Je préférerais retrouver Réda. Les séparations, jusqu'à présent, ça ne m'a pas porté chance.

Je vais me lever pour repartir quand soudain, sur ma gauche, il me semble que je discerne une lueur. Eux, de nouveau? Cette lueur est extrêmement faible, et orangée. C'est bizarre! Les êtres cavernicoles, quand ils sont en mouvement, émettent une lumière plutôt blanchâtre, ou jaune pâle. Est-ce qu'il y en aurait de plusieurs espèces?

La lueur vient de la paroi rocheuse, un peu en hauteur. Comme si, à cet endroit-là, une sorte de creux ou d'ouverture contenait une lampe. La peur, de nouveau, me noue l'estomac, mais n'est-ce pas une chance unique de découvrir quelque chose? Je décide de m'approcher doucement, sans faire de lumière.

J'avance très lentement, extrêmement lentement, car j'ai l'impression que mes pas font autant de bruit qu'un régiment qui défile. Enfin, une vaste ouverture se dessine dans la paroi sombre. C'est comme l'entrée d'une deuxième grotte, qui s'ouvrirait dans celle-ci. L'entrée est en hauteur, mais on y accède par une pente assez douce.

C'est toute la grotte qui semble baigner dans cette faible luminosité orangée. Je commence à grimper. Malgré mes précautions, j'ai l'impression que je fais un bruit d'enfer. Tant pis! Il faut voir! Je me mets à quatre pattes, et j'arrive bientôt à la hauteur du rebord. Je redresse la tête lentement. La grotte s'étend en contrebas, je n'en vois que la voûte. Je fais encore trois pas, et ma tête dépasse maintenant le niveau de l'entrée.

Et là, je reste fasciné. Des reflets! De l'eau! Un lac d'un noir d'encre qui renvoie mille reflets orangés vers la voûte. Le lac s'étend comme un miroir aux contours sinueux, un miroir bordé par des rochers noirs. Par-delà la lumière, il disparaît dans l'ombre, avalé par les profondeurs obscures. C'est un spectacle féerique!

Je reste un moment sans bouger, ébloui, puis mon regard se dirige vers la source de cette lumière. C'est une petite lampe, qui lance une lueur mourante. La lampe est placée en hauteur, sur un rocher. Alors, tout autour, dans le cercle pâle du halo lumineux, je les vois enfin. Neuf silhouettes! Assis ou allongés, ils sont tous là : Stéphane, Illana, Caroline, Jason, Julia, Alex, Sarah, Christiane et Catherine!

13

L'ASSAUT

Tous là! Je ne sais pas si je dois hurler de joie, rire ou pleurer. Je me lève et je les appelle à grands cris, tout en dévalant la pente le plus vite que je peux. Eux aussi se lèvent. Ils ont l'air d'émerger d'un rêve.

– Ça alors! fait Stéphane en s'avançant vers moi. Mais d'où sors-tu?

Tous m'entourent maintenant et me pressent de questions. Par où suis-je passé? Pourquoi le groupe conduit par Illana ne m'a-t-il pas rencontré avant de rejoindre Stéphane? Les créatures de la caverne m'avaient-elles enlevé ou bien étais-je tombé dans un trou?

Je m'assieds au milieu d'eux et je tente de répondre à toutes ces questions. Je leur raconte tout. Le départ de Stéphane, seul, à la recherche d'une issue, l'enlèvement par le peuple pâle, la rencontre avec Réda...

– Réda est donc là! s'écrie Illana. Il est vivant! Où est-il?

– Il est vivant. Bien vivant ! Mais il est comme Jason, il s'est foulé une cheville, il ne peut pas marcher. Il est resté en arrière, pas très loin. Et vous ?

De leur côté, rien de nouveau. Stéphane m'explique que ça fait déjà un moment qu'il est arrivé ici. Étonné par la découverte de ce lac, il n'est pas allé plus loin et il a attendu les autres. Illana indique que Jason va mieux. Que sa cheville n'est pas brisée, que la douleur s'est beaucoup atténuée, et qu'il peut même marcher. Ils ont donc avancé plus vite que prévu, et ils ont été assez étonnés de trouver Stéphane tout seul près de cette étendue d'eau.

Stéphane était vraiment inquiet de ne pas me voir avec eux. D'autant plus que, au bord de l'eau, il dit avoir revu les hommes pâles.

– C'était curieux, dit-il. Je m'étais caché derrière un rocher pour dormir, ma lampe éteinte. Et puis à un moment, en me réveillant à moitié, j'ai entendu un léger clapotis. Sans faire de bruit, je me suis glissé de côté, et là, je les ai aperçus. Ils étaient regroupés sur le bord du lac. L'un d'eux était entré dans l'eau jusqu'à la taille, mais ce n'était pas lui qui faisait le bruit. Il était immobile et les autres, sur le bord, agitaient leurs doigts dans l'eau.

Je devine à quelle scène il a assisté. Stéphane continue :

– L'autre était déjà à quelques mètres du bord, toujours avec de l'eau jusqu'à la taille. Il a eu un geste brusque, puis il est ressorti de l'eau, lentement. À la main, il tenait quelque chose qui bougeait. Un poisson, j'imagine. Ensuite, ils sont repartis, très lentement, en procession, et ils ont disparu derrière le rebord de l'entrée.

Réda avait donc raison. C'est là que ces créatures étranges sont venues pêcher le protée. C'est certainement là qu'elles se nourrissent et qu'elles boivent. Nous nous trouvons donc au centre vital de leur société. Il n'y a pas un instant à perdre, maintenant. Il faut retrouver Réda au plus vite. Je demande simplement le temps de me reposer un peu, car je tombe de sommeil.

Je ne suis pas long à m'endormir. Au milieu de mes neuf camarades, je me sens en sécurité, et mon sommeil est sans rêves. Au réveil, Illana m'informe qu'Alex est volontaire pour m'accompagner. Nous prenons donc une lampe, et nous nous mettons en route. Le chemin est facile, et avec la lampe nous allons beaucoup plus vite. Tout en marchant, je demande à Alex s'ils ont aperçu le peuple pâle, entre le moment où je les ai quittés avec Stéphane et celui où ils l'ont retrouvé près du lac.

– Je crois que les autres n'ont rien vu, dit-il après un instant. En tout cas, ils n'ont rien dit. Moi, je les ai aperçus à deux ou trois reprises.

– Ils essayaient de s'approcher de vous?

– Non, répond Alex. Au contraire, ils avaient plutôt l'air de s'enfuir à notre approche. Plusieurs fois je me suis retourné, car c'est moi qui fermais la marche quand je n'aidais pas Jason à marcher : j'ai entrevu des ombres pâles derrière nous. Elles restaient cependant à distance.

Depuis que nous marchons, en revanche, nous n'avons rien vu. Le faisceau lumineux de la lampe nous précède et libère la voie. Tout à coup, devant nous, nous entendons un cri :

– Florian?

C'est Réda. Nous lui répondons aussitôt et nous pressons le pas. Bientôt nous le distinguons, assis sur une grosse pierre. Il a un large sourire en voyant qu'Alex est avec moi. Alex non plus ne peut dissimuler sa joie. Savoir que quelqu'un est sorti vivant d'une catastrophe, c'est une chose; le voir en chair et en os, c'en est une autre. C'est comme si une partie du couvercle qui pèse sur nous se soulevait, c'est comme si, au bout du tunnel, une lueur d'espoir apparaissait enfin.

Nous informons Réda de l'existence du lac, découvert par Stéphane, sans oublier la scène de pêche à laquelle il a assisté. Réda se redresse et s'appuie sur mon épaule. Plus question de marcher à quatre pattes, maintenant. À deux, nous allons pouvoir le soutenir et partir tous ensemble. D'ailleurs le chemin m'a paru moins long qu'à l'aller. Réda explique qu'il n'est pas resté là à m'attendre, et qu'il s'est traîné aussi loin qu'il a pu pour réduire la distance qui nous séparait.

Pour la première fois depuis que nous sommes plongés dans cet enfer ténébreux, une sorte de gaieté nous anime. Réda nous communique un certain entrain. La présence de ce lac lui semble un signe très prometteur, et la confiance revient. Il n'y a plus de doute, maintenant, il va nous sortir de là !

Le chemin du retour s'effectue assez rapidement et sans histoire. À l'entrée de la caverne du lac, nous sommes accueillis par Julia, qui guettait notre retour. C'est l'explosion ! Réda est salué comme un héros, comme un sauveur. Longuement, les cris de joie retentissent sous la voûte.

L'ambiance de fête retombe peu à peu, et la réalité s'impose de nouveau à nous. Nous sommes toujours sous la terre. Nous n'avons presque plus de piles, pratiquement plus rien à manger ni à boire. Alors ? Sans nous consulter, nous tournons nos regards vers Réda. C'est lui l'adulte, le professeur, celui qui sait !

Comme de juste, nous avons toujours un peu bousculé son autorité, nous l'avons souvent chahuté, mais, dans cette situation, c'est instinctivement sur lui que nous nous déchargeons de toute responsabilité. Il doit sentir ce poids, cette demande muette mais pressante. Il regarde longuement le lac, puis il déclare, dans un silence à couper au couteau :

– Hum ! Bon ! D'abord il est nécessaire de ménager les piles. Ensuite il va falloir explorer les rives de ce lac. L'eau doit forcément en ressortir, se déverser à l'extérieur. Il doit y avoir un siphon quelque part.

Un siphon ! Il ne pouvait pas trouver quelque chose de moins terrible ! Un boyau rempli d'eau noire et glacée, un puits aveugle et noyé, comme seule issue à ce tombeau. Est-ce qu'il veut dire que nous devrons plonger dans ce lac d'encre afin d'en sonder le fond ?

Pendant que nous étions partis chercher Réda, Julia et Stéphane sont allés en reconnaissance le long du lac. Ils disent qu'il s'étend très loin en longueur, et que la berge semble praticable, mais ils n'ont relevé aucune anfractuosité, aucun déversoir. Les lampes faiblissent et ils n'ont rien pu voir au-delà de quelques mètres. Peut-être aurait-il fallu aller voir plus loin ?

C'est la seule chose à faire ! Réda donne le signal du départ. Julia et Stéphane partent en avant, avec la seule lampe qu'il nous autorise à allumer. Illana et Alex ferment la marche. Nous nous relayons régulièrement pour aider Réda à marcher. La progression se fait en silence.

La rive du lac est assez plane et régulière. Aucune vague, aucun courant ne vient troubler la surface de l'eau. Il est difficile de croire que ce lac déverse son trop-plein quelque part. Mais personne ne dit rien et la marche continue, guidée par le halo jaune et faible de la lampe.

Je me demande quels animaux peuvent bien vivre dans ces eaux immobiles et noires. Des larves blanchâtres, des monstres épineux et aveugles, des vers gigantesques, des limaces, des sangsues, toute une faune d'axolotls et de têtards mal finis, aveugles, incolores, immobiles. Leur vie quasi végétative se passe dans l'attente de finir au menu du peuple pâle. Nés dans l'ombre, ils vivent dans l'ombre et sont dévorés dans l'ombre.

La marche dure longtemps. Il me semble que la rive va en se rétrécissant, que l'espace entre cette eau dormante et la paroi de basalte se réduit maintenant à un simple sentier sinueux. Et bientôt, effectivement, Julia s'arrête. L'espace est trop étroit pour que deux personnes puissent avancer de front. Le lac s'est également rétréci. Notre lampe éclaire facilement l'autre rive, maintenant. C'est un goulet, un étranglement dans lequel vient mourir cette langue d'eau morte. Difficile d'aller plus loin.

Nous nous asseyons tous. Un cul-de-sac! Toute cette peine pour rien! Nous sommes coincés, c'est l'impasse. Le désespoir revient sur nous comme une vague. Il va falloir refaire tout ce chemin en sens inverse. Et ensuite? Allons-nous devoir errer ainsi jusqu'à ce nous mourrions d'épuisement? Le découragement, la lassitude et une fatigue inhumaine nous terrassent sans prévenir.

Un cri nous réveille subitement.

– Là-bas! Regardez!

C'est Illana. Nous nous retournons d'un bloc. Là-bas, vers l'entrée de la grotte, une sorte de luminosité pâle s'étend comme une nuée. Sur l'ordre de Réda, Julia éteint la lampe. Nous voyons mieux maintenant. C'est une sorte de brouillard rampant qui s'étale sur toute la rive du lac que nous venons de parcourir. Ce n'est pas la lumière d'une lampe, non. Nous reconnaissons cette faible lueur, cette clarté froide qui se reflète sur les eaux noires. C'est la leur! C'est celle du peuple pâle en marche!

Ils sont innombrables. C'est une multitude, une armée. Et cette fois, ils avancent carrément sur nous. Réda m'a expliqué que cette luminosité doit dépendre de leur degré d'excitation ou d'activité. S'il en est ainsi, il faut croire que leurs intentions sont devenues plutôt belliqueuses, car ils brillent comme des vers luisants, ils brillent comme ils n'ont jamais brillé!

La colère qui les anime doit être sans bornes, pour qu'ils aient ainsi dominé la peur que nous leur inspirons, pour qu'ils s'avancent sur nous comme une marée montante. Aucun bruit, aucune rumeur n'émane pourtant d'eux. Leur marche est totalement silencieuse. Nous devinons leurs grosses têtes qui se balancent doucement, leurs membres filiformes qui s'accrochent aux rochers, leurs mandibules qui s'agitent à l'idée du festin qui les attend.

Pourquoi ce soudain revirement? Il est vrai que jusqu'ici nous n'avons fait que traverser leur territoire. Nous n'avons pas violé leurs lois, si jamais ils en ont. Nous ne leur avons rien pris, nous ne leur avons pas fait de mal. Cependant, c'est le cœur même de leur vie que nous avons touché ici. Nous sommes sur leur territoire de chasse, de pêche. Leur survie dépend de ce lac d'où ils tirent leur subsistance.

Ils se sont donc sentis menacés, sans doute, et ils ont surmonté leur peur pour défendre leur vie. Je ne pensais pas qu'ils pouvaient être aussi nombreux. C'est comme une coulée de lave qui progresse lentement vers nous, qui n'offre aucune brèche, aucune ouverture, et qui va bientôt nous submerger.

Toute retraite est coupée. Leur stratégie se dévoile, maintenant. Ils nous ont acculés dans ce cul-de-sac afin de nous anéantir plus facilement. C'est pour ça que, jusqu'ici, ils n'ont rien tenté contre nous. Ils attendaient cette occasion rêvée. Ils nous ont transportés de droite à gauche sans but apparent, à seule fin de nous orienter vers cette grotte. À présent, le piège se referme sur nous!

C'est l'assaut final! Instinctivement, nous rallumons toutes nos lampes. Réda a du mal à enrayer la panique qui s'empare de nous. Nous nous regroupons tant bien que mal. Je vois dans l'ombre Alex qui ressort son couteau de sa poche. Stéphane ramasse une grosse pierre. Plusieurs d'entre nous l'imitons, et nous commençons à accumuler les projectiles en vue de soutenir le siège.

Le mouvement du peuple pâle s'est arrêté subitement quand nous avons allumé les lampes, mais nous savons qu'il ne s'agit que d'un répit. Un court répit, car les piles n'en ont plus pour longtemps. Et quand les ténèbres vont de nouveau s'abattre sur nous...

Stéphane a retrouvé le masque tragique qu'il avait au début. Je n'ai rien dit à personne des aveux qu'il m'a fait quand nous sommes partis tous les deux dans le noir. Ce n'était pas la peine d'aggraver ce sentiment de culpabilité qui le torturait, et maintenant ce serait tout aussi inutile. Soudain, il se détache de notre groupe et s'avance vers eux en faisant des gestes menaçants. Il brandit une pierre et fait mine de vouloir la lancer.

– Stéphane, arrête! intervient Réda. Ce n'est pas le moment de perdre la tête. Ça ne servirait à rien!

– Rien ne servira à rien, réplique Stéphane. Ils vont nous massacrer, nous n'allons tout de même pas rester là sans rien faire !

– Nous ne savons pas ce qu'ils vont faire, reprend Réda. Pour l'instant ils ne font rien. Il est inutile et même dangereux de les provoquer. Attendons de voir ce qu'ils veulent !

Voir ce qu'ils veulent ? C'est tout vu ! Cette armée impressionnante massée à un jet de pierre, que peut-elle vouloir, sinon en finir avec nous ?

– Éteignez les lampes ! ordonne Réda, et ne bougez plus. Nous verrons mieux ce qu'ils mijotent.

À contrecœur, nous obtempérons, puis nous nous recroquevillons sans bouger au bord de l'eau. Le silence est total. Réda est resté debout, en appui contre la paroi rocheuse, pour mieux les observer. Les formes s'agitent toujours, mais sans avancer. On dirait qu'elles se livrent à une sorte de danse. Peut-être la danse rituelle qui prépare notre mise à mort.

Le temps passe dans cette attente mortelle. Qu'attendent-ils donc ? Que nous mourrions de faim ? Mais non ! voilà qu'ils avancent de nouveau ! Cette fois, c'est la fin ! Leurs longs membres s'agitent comme les palpes et les antennes d'un insecte monstrueux. Ils recouvrent chaque centimètre carré de terrain comme une épaisse couverture vivante. L'espace entre eux et nous se réduit peu à peu.

Réda a beau dire que nous ne savons rien de leurs intentions, tout nous semble préférable à cette fin misérable entre leurs griffes. Une seule idée nous anime, réussir à fuir, s'échapper encore, le plus loin possible, résister jusqu'au bout...

Nous rallumons une des lampes. En passant à la queue leu leu, il nous semble possible de continuer le long du lac. L'espace entre la paroi et le bord de l'eau est extrêmement étroit, mais en avançant à quatre pattes pour avoir un meilleur appui, la chose paraît possible. Réda nous donne son accord, et nous nous engageons dans l'étroit passage.

L'eau noire et immobile est à quelques centimètres de nos pieds et de nos mains. Et de l'autre côté nos épaules frôlent la paroi. L'idée que nous pouvons glisser et disparaître dans ce lac d'encre nous fait redoubler de précautions. Loin devant, j'aperçois le halo lumineux de la lampe que tient Illana. Juste devant moi il y a Jason. Derrière, je ne sais pas. Je n'ose pas me retourner.

J'avance, le nez au sol, sans savoir où je vais. Je colle aux chaussures de Jason, bien qu'il n'y ait aucun risque de se perdre, puisqu'on ne peut aller que tout droit. La raison est que je sens derrière moi la présence menaçante du peuple pâle, qui nous refoule au plus profond de ce trou, et ce sentiment suffit à me propulser en avant. Paumes et genoux écorchés, éreinté, mort de fatigue, seule la peur peut encore me faire avancer.

Tout à coup, je me rends compte que je ne suis plus derrière Jason, mais à côté de lui. Devant moi, je vois Illana et Caroline. Julia et Stéphane arrivent derrière nous. Nous nous trouvons sur une sorte de terrasse, dans un renfoncement de la paroi. Il y a de la place pour nous tous. Réda arrive le dernier, en soufflant comme un bœuf.

Notre premier sentiment est que nous sommes déjà plus en sécurité. Pour nous déloger d'ici, nos agresseurs seront obligés de passer un par un sur l'étroite corniche, et ils seront vulnérables. Mais ce soulagement est de courte durée. Illana vient d'inspecter rapidement l'endroit avec sa lampe, et la conclusion est absolument désespérante : nous sommes arrivés au fond, il n'y a aucune issue ! Le lac se termine ici et nous sommes définitivement coincés dans cette nasse.

C'est affreux ! Nous nous sommes jetés

nous-mêmes dans ce piège, où le peuple pâle n'aura plus qu'à nous cueillir quand nous serons moribonds. Impossible d'aller plus loin, impossible de revenir sur nos pas. Nous avons atteint notre tombeau, que personne ne viendra jamais fleurir. Toute l'énergie de la fuite retombe soudain, et nous nous écroulons sans force ni volonté. Nous n'avons même plus de larmes pour pleurer. Caroline est à côté de moi. Machinalement, je lui prends la main.

Un seul est resté debout. C'est Réda. Malgré l'évidence, il ne veut pas s'avouer vaincu. Il enrage, il tourne en rond comme un fauve en cage, en boitillant sur sa cheville blessée. Il a presque arraché la lampe des mains d'Illana et il scrute le plafond et les parois. Il promène la lumière sur l'eau, comme si un génie allait en surgir soudain pour nous sortir de là. Mais rien, rien, rien. Cette eau est silencieuse, ces murs sont muets.

Il ne reste plus rien à faire. Même Réda doit l'admettre, et il se laisse tomber à son tour sur une pierre. Le silence se fait, plus effrayant que jamais.

Soudain un grondement sourd ébranle toute la grotte. C'est comme un tremblement de terre lointain, dont le bruit nous parviendrait au détour des galeries. Puis très vite nous entendons un autre bruit, beaucoup plus proche. Il s'agit d'un clapotis, d'un bruisse-ment de vaguelettes qui s'écrasent à nos pieds. Nous voyons alors la surface du lac se rider et s'agiter de remous légers.

Nous ne comprenons pas ce qui se passe. le peuple pâle ne suffit donc plus ! Il faut que, en plus, la terre elle-même se déchaîne contre nous, qu'elle nous avale, qu'elle nous broie, qu'elle nous noie ! Réda s'est relevé, tandis que nous nous adossons à la paroi pour nous éloigner le plus possible de cette eau qui nous semble vivante. Réda la regarde attentivement, puis il nous fait signe de nous taire.

La rumeur sourde, là-bas, s'est tue. Il ne reste plus que le clapotis de l'eau. Puis, en tendant l'oreille, comme Réda semble le faire, nous entendons un autre bruit, léger, lointain. Le bruit... le bruit très atténué d'une cascade, le bruit d'une eau libérée qui se jette dans un puits. Que se passe-t-il ? Soudain Réda s'écrie :

– Regardez, regardez ! l'eau baisse !

Il pointe son doigt vers l'extrémité du lac, toute proche de nous. Effectivement la lampe nous révèle une mince bande humide, au-dessus du niveau de l'eau, qui démontre claire-ment que celui-ci a baissé.

L'eau baisse de plus en plus. Le mouvement est lent, mais il n'y a plus de doute possible : l'eau se retire doucement. Le cataclysme inconnu que nous avons entendu a dû provoquer une brèche à l'autre extrémité du lac, et celui-ci se vide lentement. Réda nous montre de nouveau le bout du lac. On dirait qu'en se retirant, l'eau vient de révéler une ouverture !

C'est bien ça ! Le lac ne s'arrête pas là ! Il doit continuer sous la terre, et communiquer avec un autre lac par un siphon. Le fameux siphon espéré par Réda ! Le bruit a cessé. On dirait que le niveau de l'eau se stabilise. L'ouverture découverte se présente comme une arche haute de cinquante centimètres à peine au-dessus du niveau de l'eau.

Nos pensées se bousculent. S'engouffrer dans ce nouveau passage ? Et si c'était encore un cul-de-sac ? Si c'était un nouveau piège ? Nous hésitons. Ce trou noir n'est pas très engageant. C'est une galerie obscure, à demi noyée dans une eau encore plus sombre qu'elle. À quelle distance se trouve le fond ? Et d'ailleurs, y a-t-il un fond ? Nous entendons Réda murmurer :

– C'est curieux. Je me demande si c'était vraiment un accident...

– Qu'est-ce que tu veux dire ? demande Caroline.

– L'effondrement que nous avons entendu, reprend Réda. Et tous ces mouvements du peuple pâle. Je me demande si tout ça n'est pas lié.

Nous nous taisons. Réda nous explique que si le peuple pâle en avait contre nous, il nous aurait anéanti depuis longtemps. Ou il nous aurait tout simplement laissés mourir de faim dans les souterrains. Selon lui, tout cela n'est pas logique. Il croit plutôt que chacun de leurs mouvements ont eu pour dessein de nous faire arriver ici, au bout de ce lac, dans un but bien précis.

– Mais quel but? demande encore Caroline.

– Nous faire sortir, dit Réda. Nous sommes de trop, ici. Nous sommes chez eux, nous les gênons, nous avons troublé leur tranquillité. Leur survie dépend d'un équilibre très fragile que notre présence menace de rompre. Tout ce qu'ils veulent, c'est que nous partions.

– C'est ce que nous voulons aussi, non? fait Stéphane.

– Exact! répond Réda, et puisque tout le monde est d'accord, allons-y! Ils nous ont montré le chemin.

Nous nous regardons, incrédules. D'un côté ce peuple mystérieux et inquiétant, venu du fond des âges, venu des entrailles de la terre, et de l'autre ce trou noir et étroit, dont nous ne savons même pas s'il débouche sur quelque chose. Il y a de quoi être mal à l'aise. Cette bouche obscure est-elle une nouvelle porte de l'enfer, ou est-ce enfin la voie vers la liberté?

– Je vais y aller, fait Réda. Attendez-moi ici.

– Avec ton pied? interroge Illana. Comment est-ce que tu vas faire?

– Ce n'est pas un problème, répond-il. Il y a de l'eau, je vais nager.

Aussitôt il se débarrasse de son blouson et s'avance vers le bord. Il s'agenouille, il prend appui sur ses mains, et enfin, lentement, il plonge un pied dans l'eau. Il s'enfonce jusqu'au genou. En s'agrippant à la paroi il avance prudemment vers l'ouverture. Très rapidement il a de l'eau jusqu'à la taille, puis jusqu'aux épaules. Et lorsque enfin il arrive au niveau du trou sombre, seule sa tête dépasse de l'eau.

Il a disparu. L'attente commence. Nous sommes de nouveau seuls. S'il ne revient pas, nous saurons que nous sommes condamnés, nous saurons que nous ne reverrons jamais le jour, que personne ne nous retrouvera jamais. Une extrême lassitude nous reprend, comme si nos corps, après toute cette tension, refusaient maintenant de poursuivre la lutte. Nous nous blottissons les uns contre les autres, malgré la chaleur, comme des moutons à l'abattoir.

Les heures passent, longues, lentes, mornes. Caroline est assise à côté de moi. Elle me dit que, après ce voyage, elle devait aller passer ses vacances aux Antilles, avec ses parents. Elle me parle des cocotiers, de la mer bleue et tiède, des plages interminables sous la lumière aveuglante. Des couchers de soleil, de la lune, des étoiles... Elle parle à voix basse. Je ferme les yeux. C'est comme si j'y étais...

Un cri d'Illana me sort de ce rêve. Nous nous redressons tous. De l'entrée du trou, nous parvient une sorte de clapotement. Nous braquons nos lampes. La tête de Réda surgit enfin, grimaçante et ruisselante. Il cligne des yeux et les abrite avec une main.

– Doucement, la lumière, fait-il. Vous m'aveuglez!

Il y a je ne sais quoi de jovial dans le ton de sa voix. L'espoir renaît. Vite, nous l'aidons à sortir et nous le pressons de questions.

– Tout le monde sait nager? fait-il en guise de réponse.

Évidemment que nous savons tous nager. Mais qu'y a-t-il de l'autre côté, pourquoi est-il parti aussi longtemps? Il a l'air étonné de la question. Il prétend n'être resté absent que quelques minutes. De l'autre côté? Il dit simplement qu'il y a vu quelque chose qu'il n'avait pas vu depuis longtemps, mais qu'il y a un passage un peu délicat. Après quelques mètres, il faut passer un siphon, heureusement assez court. De l'autre côté il y a aussi un lac. Un lac comme celui-ci, mais dans ce lac se reflète la lune!

Nous sommes tous debout. Réda organise l'opération. Illana est la meilleure nageuse, elle passera la première. Réda, lui, se tiendra juste devant l'entrée du siphon et il nous fera passer les uns après les autres.

Après une dernière réticence, nous entrons dans l'eau. À notre grande surprise, cette eau est tiède. Réda nous rappelle que cela n'a rien d'étonnant. L'Islande est une île volcanique qui regorge d'eau chaude, et même d'eau bouillante.

Il se poste à l'entrée de l'ouverture et il nous fait venir jusqu'à lui. Très vite, nous n'avons plus pied et nous devons nager. Je n'ose pas imaginer les créatures qui peuvent évoluer au-dessous... Avant d'entrer dans le dernier tunnel, je me retourne et j'aperçois, là-bas, pour la dernière fois, les silhouettes pâles du peuple des ténèbres.

Réda maintient une lampe au-dessus de sa tête, puis il nous conduit jusqu'au siphon. À cet endroit, le plafond est si bas que nos têtes le frôlent. Enfin il donne ses dernières instructions à Illana. Il lui indique dans quel ordre il nous fera passer, afin qu'elle puisse contrôler que personne ne manque à l'appel. Le siphon fait à peine un mètre de long, selon Réda, et elle devrait y arriver facilement.

Enfin Illana plonge. Puis, à intervalles réguliers, Réda nous fait passer, chacun notre tour, en nous recommandant de nager le plus droit possible. Je suis le dernier. Quand mon tour arrive, je plonge enfin, après avoir pris une dernière bouffée d'air. Je garde les yeux ouverts, mais l'eau est trop sombre et je ne vois rien. Pourtant à la troisième brasse, il me semble discerner une certaine clarté au-dessus de moi. Je remonte à la surface.

La lune! Je vois la lune, enfin! Je regarde autour de moi. Sur la rive, à quelques mètres à peine, les autres sont tous là. J'ai à peine le temps de rejoindre le bord que déjà Réda arrive à son tour. Nous sommes accueillis par des cris de joie. Il fait un froid de canard, mais, là-haut, bien ronde sur un ciel bleu sombre, la lune se découpe entre les hauts rochers, et elle semble rire avec nous.

14 SAUVÉS!

Reykjavik, 18 juin (de notre envoyé spécial) – *Trois jours après la terrible catastrophe qui les avait vus disparaître sous la terre à la suite d'un effondrement de terrain, les dix élèves de Calgary, ainsi que l'enseignant qui les accompagnait, ont enfin été retrouvés. Les jeunes gens sont sains et saufs, et seul leur professeur est légèrement blessé à un pied.*

C'est très tôt dans la matinée que la découverte des enfants a été signalée par l'une des équipes de secouristes bénévoles qui, depuis plusieurs jours, participaient aux recherches. Cette équipe explorait un ancien cratère du Sneffels, situé assez loin du lieu de l'accident. À l'instar de plusieurs guides locaux, ces alpinistes amateurs pensaient en effet que le groupe d'adolescents avait trouvé refuge dans les innombrables galeries souterraines qui creusent l'ancien volcan.

Cette théorie semble maintenant confirmée, bien qu'il soit encore trop tôt pour interroger les rescapés, en raison de leur état d'extrême fatigue. Aux premières lueurs du jour, les sauveteurs avaient entrepris une exploration minutieuse de ce cratère, car ils pensaient qu'il pouvait communiquer avec un vaste réseau souterrain. C'est au bord du lac qui occupe le fond du cratère que les jeunes ont été aperçus par un des guides.

Après une descente périlleuse, car les pentes du cratère sont extrêmement abruptes, les sauveteurs ont pu rejoindre les rescapés. Ceux-ci se trouvaient dans un état d'épuisement total, trempés et transis. Sitôt l'alerte donnée, le sauvetage a été effectué par les hélicoptères de la sécurité civile.

Les élèves et leur professeur ont été placés en observation à l'hôpital de Reykjavik où, jusqu'à présent, seuls leurs parents ont pu entrer en contact avec eux. Cependant, d'après nos informations, la fatigue, la faim et la peur ne suffisent pas à expliquer l'état d'extrême confusion dans lequel ils paraissent être plongés. Il semble en effet qu'aucun des adolescents, pas plus que leur professeur, ne soit en mesure d'expliquer comment ils ont pu se retrouver à l'extérieur de la montagne de laquelle ils étaient prisonniers, et cela à plusieurs kilomètres du lieu de l'accident.

L'équipe de secours que nous avons pu interroger se perd en conjectures. Aucune fissure, aucune anfractuosité, n'a en effet pu être découverte dans le cratère, et on ne s'explique toujours pas comment le groupe a pu réapparaître ainsi sur le bord de ce lac. On suppose que le groupe a pu sortir à la faveur de nouveaux bouleversements de terrain.

Cette hypothèse est celle que les autorités ont retenue, puisque dans le courant de la nuit des secousses sismiques ont effectivement été enregistrées au camp de base des secouristes, sur le flanc de la montagne.

Le professeur qui accompagnait les élèves aurait simplement déclaré aux sauveteurs que des bouleversements importants dans les couches rocheuses leur auraient permis de s'échapper des galeries intérieures, et les auraient rejetés dans les eaux du lac. En l'absence d'autre explication raisonnable, c'est donc cette version des faits qui est considérée actuellement.

Les jeunes seront probablement rapatriés au Canada dès la fin de cette semaine. Toute la rédaction leur souhaite un prompt rétablissement, et partage le soulagement des familles qui vivaient depuis trois jours dans une angoisse intolérable. L'aéroport de Calgary sera donc sans doute très prochainement le théâtre d'effusions et d'explosions de joie auxquelles nous nous associons d'avance.

15 ET MAINTENANT ?

Trois jours ! Nous sommes donc restés trois jours sous la terre ! C'est ce que nous ont appris nos sauveteurs. Notre étonnement a été immense lorsqu'ils nous l'ont dit. Trois jours seulement ! alors que nous avions l'impression d'y avoir passé des semaines !

Voilà déjà quelques jours que nous sommes rentrés chez-nous. À l'aéroport, ça a été la fête. Presque toute l'école était là pour nous accueillir. C'était vraiment agréable, mais le plus beau moment, ça a quand même été avant, en Islande, lorsque j'ai retrouvé mes parents dans le camp des sauveteurs. Ils étaient sur place depuis le début, et je crois bien qu'ils ont été encore plus tenaillés par la peur que je ne l'ai été moi-même, au plus profond de l'obscurité.

J'ai feuilleté les journaux qui ont relaté notre aventure. C'est très curieux. Tous ont parlé du volcan, des glissements de terrain, des tremblements de terre. Ils n'ont pas eu de mots assez romantiques pour parler de cette montagne qui nous a avalés et recrachés. Ils ont décrit l'horreur d'être enterré vivant – comme s'ils l'avaient été eux-mêmes. Ils ont ressorti toutes les vieilles peurs, les vieilles images d'araignées et de chauves-souris. Ils ont décrit avec complaisance nos mines défaites et notre air hagard, et ils ont même abondamment commenté nos cheveux blancs. Effectivement, nous avons tous des cheveux blancs; mais aucun, aucun journal n'a fait la moindre allusion au peuple pâle.

Je n'en ai parlé à personne, bien entendu. Pas même à mes parents. Pas encore! Mais les autres? Nous ne nous sommes pourtant pas consultés, à aucun moment il n'a été convenu de ce que nous dirions ou ne dirions pas de notre aventure. Quand nous nous sommes retrouvés sur le bord du lac extérieur, nous n'avons pensé qu'à savourer notre liberté retrouvée. Ensuite, très vite, la fatigue nous a terrassés.

Nous n'avons été réveillés que par les cris des sauveteurs qui nous avaient retrouvés et descendaient dans le cratère. À partir de ce moment, tout est allé très vite. Ils nous ont réconfortés, réchauffés. Ils nous ont donné à manger et à boire, mais ils ne nous ont pas posé trop de questions. C'est vrai que nous n'avions pas l'air très en forme. Lorsque les hélicoptères sont arrivés, nous n'avons plus eu un seul instant à nous.

Les médecins, à l'hôpital, ont déclaré que nous étions en état de choc, et qu'il ne fallait surtout pas nous brusquer. Finalement nous nous sommes retrouvés chez nous, sans avoir vraiment eu l'occasion de raconter ce qui nous était arrivé. À présent, nous sommes rentrés chez nous, et j'ai l'impression que c'est un peu tard.

Parler du peuple pâle? Mais pourquoi, et à qui? Qui nous croirait? Qui croirait à cette histoire de peuple fantôme? On nous accuserait de monter un canular, on dirait que nous sommes devenus fous, ou que nous avons eu des hallucinations.

Il y a autre chose, aussi. Ce peuple souterrain, malgré toute la répugnance, malgré toute la peur qu'il a pu nous inspirer, il ne nous a pas fait le moindre mal, à aucun moment. Notre peur est surtout venue, je m'en rends compte aujourd'hui, de l'incapacité où nous étions de les comprendre. Sans eux, où serions-nous à l'heure actuelle?

Ce sont eux qui, à leur façon, nous ont guidés vers le lac souterrain, et ce sont eux qui ont provoqué la baisse des eaux qui nous a permis de découvrir le siphon communiquant avec l'extérieur. Nos vrais sauveurs, ce sont eux! Alors, pouvons-nous vraiment dévoiler leur existence et risquer de les perdre?

Ces êtres pitoyables vivent à l'écart du monde. À l'écart du bruit, à l'écart de la lumière, à l'écart de tout. Ils ont traversé des siècles, peut-être même des millénaires dans l'oubli et l'isolement, mais ils y sont chez eux. Leur découverte les décimerait. On les arracherait à leur refuge afin de les examiner, de les analyser, de les disséquer. Ils dépériraient, ils se consumeraient, ils crèveraient misérablement sous les rayons, mortels pour eux, du soleil et sous les flashes.

Il vaut donc mieux les laisser à leur solitude. C'est leur vie, nous n'avons pas le droit d'y toucher. C'est peut-être ce que nous avons tous ressenti, chacun de notre côté. Leur monde est lent, beaucoup plus lent que le nôtre. C'est probablement pour ça que nous avons eu l'impression d'y avoir vécu aussi longtemps. Le moins que nous leur devons, c'est bien de les laisser vivre en paix.

J'ai revu Caroline, hier. Nous en avons un peu discuté, assis sur un banc, dans le jardin, au soleil. Je lui ai demandé :

– Finalement, qu'est-ce que tu crois qu'ils voulaient?

– Rien, sans doute, m'a-t-elle répondu. Comme la plupart des gens. Vivre, survivre. Leur monde finit là où s'arrêtent leurs galeries.

Il y avait des oiseaux, dans le jardin, et un léger vent tiède. Demain, c'est les vacances! Caroline va partir avec ses parents, et moi avec les miens. C'est tout!

Alors, à l'année prochaine!

TABLE